李鸿 著

# 寂静的 轰鸣

花城出版社
中国·广州

图书在版编目（CIP）数据

寂静的轰鸣 / 李鸿著. — 广州：花城出版社，2023.5
　　ISBN 978-7-5360-9977-7

　　Ⅰ.①寂… Ⅱ.①李… Ⅲ.①散文集-中国-当代 Ⅳ.①I267

中国国家版本馆CIP数据核字(2023)第059299号

出 版 人：张　懿
责任编辑：凌春梅
特约编辑：朱树慧
责任校对：梁秋华
技术编辑：薛伟民
装帧设计：张年乔
内文部分供图：殷武毅

| 书　　名 | 寂静的轰鸣 JIJING DE HONGMING |
|---|---|
| 出版发行 | 花城出版社 （广州市环市东路水荫路11号） |
| 经　　销 | 全国新华书店 |
| 印　　刷 | 佛山市浩文彩色印刷有限公司 （广东省佛山市南海区狮山科技工业园A区） |
| 开　　本 | 880毫米×1230毫米　32开 |
| 印　　张 | 8.25　1插页 |
| 字　　数 | 180,000字 |
| 版　　次 | 2023年5月第1版　2023年5月第1次印刷 |
| 定　　价 | 48.00元 |

如发现印装质量问题，请直接与印刷厂联系调换。
购书热线：020-37604658　37602954
花城出版社网站：http://www.fcph.com.cn

万事万物都在人心里，我们之所见不及其一。

# 目 录

生命就是不知如何是好（自序）/ 001

你的歌声里 / 003

罔两问影 / 006

没有办法 / 008

情世界 / 009

前辈远矣 / 010

怎可永年 / 011

岳阳楼小记 / 012

曾见幽人独往来 / 014

观我朵颐 / 018

清澈的倦怠 / 020

选择 / 022

再谈选择 / 025

另外的生活 / 028

黄昏 / 031

总有一只蚊子跟着我 / 033

我看见了什么 / 035

神仙应笑我 / 036

怎能一丝不挂 / 038

他身之感 / 040

让时间先走 / 042

在山顶 / 045

吾非昔人 / 048

白露无霜 / 050

一日未有之变局 / 052

丢失 / 054

不幸的蝴蝶 / 057

大同小异 / 059

今月不及古月之朗 / 061

吾身自有冰炭 / 063

一个人的疆域 / 065

浮生无梦奈若何 / 068

说什么好呢 / 070

听吧 / 073

半世虚荣 / 076

理解一个字或词 / 079

受累于爱 / 082

秋天终归会来的 / 083

在一场骤雨旁沉睡 / 085

首如飞蓬 / 087

悲风 / 089

恰恰无牙用 / 091

一部女人的纪录片 / 093

万物既伟大又渺小 / 095

宁静 / 097

最是妄人好画符 / 099

偶像的黄昏 / 102

完整的生活 / 105

演员都准备好了吗 / 108

飘落 / 110

绝望 / 113

人去楼空处 / 114

恍惚 / 117

渴望 / 119

仰望是件偶然的事情 / 121

轻浮 / 123

牧者 / 125

思想者 / 128

一人如海 / 130

虚荣是生活的必需 / 134

紊乱 / 137

时间里的仇恨 / 139

晒命 / 142

人是需要修理的 / 144

月能移世界 / 146

睡眠是对本能的伟大回归 / 148

我的独特之处 / 150

夜半无人私语时 / 153

消失 / 155

时间的囚徒 / 158

飞来一架直升机 / 160

抵抗 / 161

意义令人疲惫 / 163

夜雨 / 166

我不在我心里 / 168

在人间 / 169

无聊 / 172

逍遥 / 175

夜的插图 / 178

遥远的深情 / 181

放弃 / 182

孤独 / 184

唯有此时 / 187

客尘 / 190

懒惰主义者 / 191

逃离 / 194

不幸 / 195

生于忧惧 / 196

大寒 / 199

一样的月光 / 201

世事焉所希 / 202

人心茫茫 / 204

缺席者 / 205

原来 / 208

谜一样的眼睛 / 209

啊 / 210

与物为春 / 212

半个意识 / 214

苟且偷生 / 216

不知春 / 219

野径 / 220

如果不是这样的春天 / 223

两相思　两不知 / 225

标签 / 226

星期八 / 229

庸俗 / 230

呈现 / 233

荣华照当年 / 236

遮蔽的生活 / 238

嫉妒 / 241

佐贝伊德 / 242

迷惑 / 244

摇摇欲坠 / 246

碎片 / 247

回声 / 250

# 生命就是不知如何是好（自序）

好像每天一睁开眼睛，就有种不知如何是好的感觉。这种感觉从何而起，自何而来，令人百思不解，欲说还休。越来越多的事情欲说还休。

这是一个不证自明的事实：这个世界不知如何是好。这个时代不知如何是好。我不知如何是好。

关于这个世界与这个时代的"不知如何是好"，眼下的每一天，无数的人在接踵而至的大事件、大变局的渐变与突变中，不断亲历、旁观和体会。至于生逢其时的幸与不幸，便与不便，每个人冷暖自知。如是我闻，无论鸢飞戾天之流，经纶世务之辈，还是刍荛之微者，多言语茫然，阙疑阙殆，面对着越来越多的不确定，左右"不知如何是好"。

我只想说说我的"不知如何是好"。一个在大时代的喧嚣与裂变中的小人物的感知，自然是"不知如何是好"。

这本书辑录的文字都是我用手机随手写成。这种写作方式零碎且随机，所呈现出的感觉也零碎而随机。这也表明我常常处于一种"不知如何是好"的状态。

生命来自混沌，也一直是一种混沌。老子论道，赫拉克利特言逻各斯，中西方的哲人们从混沌开始，一直试图把生命说清楚，把这个世界解释清楚。虽人出己见，新奇相高，各有其妙，但具体到个体生命的体验与感知，却依旧是清晰的混沌或者混沌的清晰，遑论这个世界的纷纭复杂。古人云，已然之迹，其运有常。但人心危微之几，混沌至极，常常难求其故，难与君说，常常"不知如何是好"。也许正是这些"不知如何是好"，才给这个世界带来越来越多的惊愕与不知所措，才让难得的宁静也露出一丝不安，难得的美好也充满莫名的哀愁。

这是毋庸置疑的事实：人的一切活动，包括死亡，都是试图对"不知如何是好"的突围与超越。哲学不是对"不知如何是好"的刨根问底是什么？宗教不是对"不知如何是好"的他途另觅是什么？文学不是对"不知如何是好"的人生重构是什么？绘画不是对"不知如何是好"的绘事后素是什么？人们所有的尝试与努力，探寻与追问，无一不源于自己在面对这个世界时的"不知如何是好"。

在没有真正解决个人的焦虑之前，人是不可能得到安宁的。要解决这个问题，人还是须得回到他自己本身，最大的可能与幸运还是在他本身。罗洛·梅给出了类似的指引：生活在一个焦虑时代的少数幸事之一是，我们不得不去认识自己。

木心先生说：生命就是时时刻刻不知如何是好。我想把我感受到的一些"不知如何是好"记录下来，仅此而已。

2022年3月29日

# 你的歌声里

我贪恋每一个黄昏,每一个黄昏都让我对生活有如释重负之感。这种如释重负的感觉让自己越发觉得,病者妄执有多苦,我对人没完没了的欲望的厌倦有多深,一个人拥有一处可供他随时匿迹的去处有多么重要。

我贪恋的薄暮在元宝山公园的森林里。这里市声依然可闻,

但它是侨都的清凉界,我的桃花源。假如我在这座城市里偶尔消失,我一定在森林里。在这里,个人精神的道场完全敞开,所有的生长与飘落各随其便。还有对生活痛苦的凝视——这让双眸无法抗拒的庸常的宿命,此间可得暂时休眠。这里有着我生命里最彻底的虚闲与沉默。古人云:虚闲可当寿考。然而如你所知,现实与梦想不在手头,就在心头,人生半刻虚闲难偷。虚闲难,沉默更难,如同一个划龙舟的人,在桨片启动的那一刻,就必须向整条河流、所有围观者、向两侧飞矢般的对手,以及离弦的自己,从头至尾随鼓喊叫出激情、斗志与不屈服。

还是说吧。到森林里可以沉默代言。如果一个成年人突然想对这个世界说点什么,哪怕是莫名其妙的什么,森林是最好的选择,它总是在沉默中倾听,也将为你在沉默中隐藏。

这个时候传来了动情的歌声。这伤感的女声从森林里的某一处传来,让元宝山的黄昏瞬间更加沉寂。她应该就在离我不远的林中小亭,我几乎能听到她咏叹中换气的声音。起初,我是凝神静听,然后开始魂不守舍。我恍惚觉得这份深情的倾诉是因我而起,为我而来。似从遥远的青春岁月里传来,从曾经临街的窗口下一个守候的痴情者的胸腔中传来,从往来于故乡的那一列绿皮火车上传来……爱与悲伤同时在过去与此时之我的心头萦绕。

歌声停歇,又起悲声,然后再无动静。我抹去泪水的一刹那,终于意识到自己并非这位黄昏歌者倾诉的对象。我只是这一幕独角戏的听众,是另一幕、许多幕戏剧的主、配角,而那些舞台早已曲终人散,帷幕重垂。

这个日落时分,我有幸听到了一位女子对爱的依恋,也不幸感受到了她心底的悲伤。她离开了,留下忧郁的森林与唯一的听者,相对无言。"对于不可说的东西我们必须保持沉默,譬如爱和沉痛。"我走出森林,回到人间。

同往日一样,这座城市里任何一个独自饮泣的灵魂,今后我依然只能不见而视。不是每个人都能拥有一片可供自己尽情歌唱与悲伤的森林。不是每个人心底的声音都能被我们听到。我们是走在一起的陌生人。

我之所以如此贪恋黄昏,也许是哀戚于在无法挽留的光阴里人无法挽留的爱,以及因之积郁的人生沉痛。爱是我需要的,对人生的沉痛的触摸,也是我需要的。我需要的和不需要的,都将在黄昏之后的黑夜里慢慢消逝。

2022年1月14日

# 罔两问影

我是晃荡在人世间的一个影子。

影子和一个称之为"我"的我具有几近相同的特质,包括都没有思想,在阴雨天都容易莫名忧伤,于是敛迹于空无。

影子和我从不交流,一如我们不喜欢喃喃自语。倒是偶尔相互打量,在沉默中相互厌倦、捉弄或者欣赏。如果沉默令人难受,我们就转过身去,走开,走进黑暗里,彼此不见。我们最大的不同应该在于,当我走在大地上时,我无法向大地证明什么。我走在哪里就是哪里,哪里都是繁花似锦的虚无。而影子可以清楚地向大地与天空同时昭示:他在这里。以及,日月有光。

此刻,我背坐在玻璃墙下晒太阳,看影子。影子上身单薄,脖颈瘦削,脑袋椭圆,比镜子中的我小了一圈,这分明是一个少年的身影。我举起左手。影子五指修长,像我的手,像钢琴家的手。他做了个弹奏的动作,指下便响起泉水淙淙,还有小鸟的啁啾。影子就这么在我眼前充分展示了他的一和多,包括演说家、歌手、思想者和疯子等。我当然了解影子,他不是少年,不是钢琴家,更不可能是思想者,最多是个人畜无害的轻度抑郁症患者。他只是一个影子。影子只有一,多是影子浮想联翩的幻影。

另外，鉴于我的右胳膊在早晨拖地时不慎扭伤，动弹不得，此时的影子只是一个受伤的影子。是的，影子也是会受伤的。我就是影子眼里受伤的影子。

2021年12月8日

# 没 有 办 法

"人拿时代没有办法。"这是陈丹青在佛罗伦萨的圣米尼亚托大殿欣赏中世纪壁画时发出的感叹。他的感叹在于,创造那些辉煌壁画的,或许并不是留名青史的大画家,而只是一群无名的工匠。时间留下了伟大的作品,创造伟大作品的人却湮没无闻。

人拿时代没有办法,人又能拿什么有办法?人拿时间没有办法。人拿生老病死没有办法。人拿生活没有办法。人拿爱情与婚姻没有办法。人拿苟且偷生没有办法。人一生之所有,大都得之侥幸,都艰难地获取于没有办法的办法。

人拿人没有办法。我拿我自己没有办法。我对我的慢性鼻炎没有办法,对难得有一次酣睡没有办法。我对我的无知没有办法,对比无知更甚的无聊没有办法。我对我雷同于绝大多数人没有办法,这种雷同不断提醒也不断强化着我的平庸。我在幻想中曾一次又一次从这种平庸的生活中逃离,到如今,连幻想也已失去。我渴望此生闪耀如星辰,哪怕只是一颗划过夜空的流星,但是我早已醒悟,我只是旷野中一点若有若无的萤火,它预示了我的一生渺若微尘,这也是我所有悲哀的缘起。我对此没有办法。

2021年12月12日

## 情 世 界

　　《牡丹亭》中，两句词尤其拨人心弦。一句"原来姹紫嫣红开遍，似这般都付与断井颓垣"。一句"情不知所起，一往而深"。前句是谓生命的惊觉，后句是言爱情的痴绝。一个人一生中如果有过这两种生命体验，当不枉此生。古往今来红尘男女无尽的唏嘘与遗憾，大抵是因为其中之一不可得抑或两者俱失。

2018年7月11日

# 前辈远矣

回乡。旧乡旧土,望之畅然。草木疯长,鸡犬不闻。人影忽然才见。问起一些长者近况,言已纷纷谢世。世嚣愈竟,前辈远矣!左右一望无际,令人悲伤。引江济汉水利工程从村里穿流而过,儿时放牧的田野一方陆沉,一湾碧水日夜流淌在陌生的故乡。所谓沧海桑田,就在眼前,连感慨都多余。有谁说过,离开故乡的人,可远行的地方会越来越多,能回去的地方会越来越少……盘桓不忍去,更惆怅……

2021年7月14日

## 怎可永年

在荆州古城参观张居正故居。想起其人早年游衡山时写过一篇漂亮的游记,其中说到"自适其性,乃可永年"。性也,命也,张居正这样聪明绝顶的人自然是懂的。当时其所言之"性"乃自然之性,所谓"人生几许时得了此尘事,唯当乘间自求适耳"。然而天命昭昭,一个立天地之心的人怎么可能随性自然、自适而适?所以他去江湖而赴庙堂,抑天性而拜天命。其一生功勋也卓著,结局也悲惨。以张江陵这样有着极高智慧的奇才在人生选择上都无法善始善终,难以"永年",可见性与命之幽暗吊诡。

2021年7月18日

# 岳阳楼小记

辛丑盛夏,三伏之中,再临岳阳楼。时方当午,日光咄咄逼人。与夫人皆汗流吁吁,狼狈失色。在楼下,搔首弄姿作尽,皆现老态,各种自拍横竖不成人相。二人由是半怨祝融把人烤,半叹流光把人抛。

登上岳阳楼,凉风飒然,身心为之一泠,汗雨片刻全收。于是任缓步之从容,极心目之寥朗,看楼阁入浩渺之洞庭,帘栊卷无极之潇湘。巴陵胜状,洞庭一湖,远山近水,风涛云物,端的是气象万千。览物之情虽奔逸而来,然唯有叹赏,无可言说。时有游客对照雕屏诵读《岳阳楼记》,声声朗朗不绝。思古往今来,洞庭湖舟迎多少商旅官宦,岳阳楼登临多少迁客骚人,眼前湖光山色,风帆沙鸟,烟云竹树之景从来如此,落进寻常人眼里,就只道是寻常,道来也寻常,直到范文正公受托以为记,才让八百里洞庭奔来古今之人眼底,叫人吟诵不绝。洞庭湖之美景,滕子京之美政,范仲淹之美文,各美其美,又浑然冥合,文章与山水因之千古流传。王子安之于滕王阁,李太白之于黄鹤楼,苏东坡之于赤壁,柳子厚之于永州之幽潭怪石,凡此天人际会者,大抵因缘如此。

山水文章，各有时运。二者若合一契，相互点化，则山水借文章以显，文章凭山水以传。明人尤侗一言即谛："士即负旷世逸才，不得云海荡胸，烟岚决眦，皆无以发其嵚崎历落之思，飞扬跋扈之气。至于千岩竞秀，万壑争流，若无骚人墨客，登放其间，携惊人句，搔首问青天，则终南太华，等顽石耳。"此言道尽山水文章之缘与命。山水名也不名，文章幸也不幸，士子之才显也不显，皆可由此一叹。

2021年7月25日

## 曾见幽人独往来

月色落满索溪峪。除了淙淙的溪流,人声静默,万物沉潜。

在山村与城市,夜晚以不同的颜色、气韵和方式降临,为大相径庭的命运与人生提供存在的背景。譬如此时,纵然已是深夜,喧腾的市声,缤纷的人间灯火,在千里之外我定居的那座城市一定绚烂盛开;湘西的这个山野小镇,却是漏断人静,安谧如睡莲,寂寥似公元初。一朝风月魅惑在光怪陆离的红尘,万古长空横亘于万籁俱寂的此间,无人理会。白日里游客如蚁,这时全都进入了酣眠,把梦境交给月光朗照。对疲惫的行客来说,这深山幽谷如同一座憩园。

睡在哪里都是睡在夜里,贾平凹说。似乎如此,又不尽然。不同的夜晚,不同的人,在夜色中的行止并非只是安卧这么简单。对有些人而言,夜晚的来临,常常带来不输白昼的兴致。鸡鸣枕上,夜气方回,好心情才徐徐展开,接着排闼而出,欣然走进夜色里。王子猷雪夜访戴,一路上万壑千岩,雪岭寒柯,漫天云冻,人踪鸟迹俱沉绝。船行一夜方至。到了戴的门前,却折返而归。人问其故,曰:"吾本乘兴而行,兴尽而返,何必见戴!"欸乃一声天地白。究竟是访戴还是访另外一个自己,无须自明。这样的夜晚被王子猷任性探访之后，一夜成绝。相同的痴绝还要等到千年之后崇祯五年的一个冬夜，另一个幽人拏舟至西湖的湖心亭看雪。

喜欢在夜间行走的人，任诞者多有之，更多的还是心藏幽苦，别有怀抱。白天正大光明，纤毫毕现，人物与光景、世务与机心将一个人的生活填满。诸多心思也都在收敛之中，出入均以庄重示人，丝毫不外泄。夜色的幽暗与掩映终于让人松懈下来，于是披星戴月，孑然而行。他们的出现，让夜的面目顿时生动起来。

黑夜里的踯躅者，古来都称其为幽人。幽人之幽在于幽苦与幽独，其中之幽伤非月夜之幽静与山林之幽深可宽解。一个"幽"字深藏不可示人的平生际遇，况味无边且留给自己在潜行中咀嚼品尝。

幽人无事不出门，偶逐东风转良夜。元丰三年，苏东坡因乌台诗案被贬黄州。这个惊恐不安的人幽居在定惠院，闭门谢客对妻子。惊魂初定之后，才在夜阑更深时悄然起行，到附近的安国寺、承天寺只身夜游，纾解块垒。黄州的夜色中没有阴谋潜藏、冷箭四伏，只有"幽人独往来，缥缈孤鸿影"。这样的夜晚足以消解一个失意者的身心困厄。以后的几年，这个高贵而孤独的幽人在夜色中优游至远。让后来人无数次说起的是在秋冬时节两次夜游赤壁，或泛舟于长江，扣舷而歌；或摄衣于山顶，划然长啸，飘飘乎如遗世独立，羽化登仙。俯仰之间，仕途蹭蹬之苦和人生颠沛之伤就在这山水遨游中豁然而释。世事一场大梦，人生几度秋凉。元丰六年，东坡依然谪居在黄州。十月十二日夜，他与友人信步于承天寺，看庭下月明如积水，看积水中竹柏影似藻荇交横。这个起初杜门不出的幽人，笑称自己此刻是天下难得的闲人。

"为了接近一种寂静，我不得不把钟也给停住。"对那些夜行者来说，福斯特这种具有实验性质的行走终究还是浅近了许多。真正能走进静寂中的人，不会刻意敛迹息心。他们要么雪涤素怀，已断红尘之念；要么经历过太多凄风苦雨的吹打，心如深潭，一派空明。这样的人哪怕身在闹市，也视繁花似锦为荒原。幽人是夜晚的灵魂，他们最善于倾听寂静之声，或者说，只有弥天大夜才能听懂他们深埋心底的衷肠。

还是想说张岱，这千古幽绝之人。张岱少为纨绔子弟，好精舍，好美婢，好鲜衣，好美食，好骏马，好华灯，好烟火，好梨园，好鼓吹，好古董，好花鸟……好一切热闹与繁华，对一切热闹与繁华都依依不舍，宛如宝玉前生。这样一个纨绔之人，生活中没有新奇供养是不可能的。崇祯二年中秋后一日，张岱路经北固山下，见皓月当空、白露横江，大喜过望，立刻呼船过金山寺。时已二更，大殿漆静。张岱竟然兴致勃发，让小奴拿出随身携带的演戏的行头，在殿中张灯结火，唱起了大戏。一时锣鼓喧哗，惊起一寺僧众出来围观，有老僧看得呵欠与笑嚏俱至，却不明是何人何时为何事来此歌鼓。戏演完已近天亮。划船过江，山僧送到山脚，也不知眼前是人是怪还是鬼。曲终人不见，江上数峰青。

过金山夜戏，坐夜航船听僧俗互答，看西湖七月半的人姿月影，到湖心亭看雪，这些幽放之举是国破家亡、避迹山居后，幽人张岱对当年恣肆年华的深情追忆。他前半生在繁华靡丽中把幽人做绝,痴绝之事做尽,后半生披发入山后,又在半生半死中把苦楚尝绝,痴绝之文写尽,一生辛苦自己,颠倒古来众生。

　　一个心思热闹的时代,有多少人会在深夜里聆听寂静之声?一个心思热闹的人,有多大的可能会走进夜晚的幽深?漫天清辉下的索溪峪,我听不见一丝蹀躞的跫音。

2015年8月7日

## 观 我 朵 颐

　　人间的一些真欢喜大多藏在不起眼处。荆门城南新区这间相貌平平的小店就是其一。牛肉面热辣刺激，有解辣舒心功效的米茶清凉朴素，它们让我对故乡的感激每天从早晨开始。

　　人到了一定年纪后，越发觉得粗茶淡饭、无事为贵的好。每天一出门人就奔向目的和意义，这碗牛肉面的意义就在于你既可一饱口福，又无意义可求。在如此简朴逼仄的空间，我所获得的满足感应不逊于昨天飞向太空的世界首富贝佐斯。他的太空之旅用时10分20秒，略等于这碗牛肉面被饕餮一空的时间。他走出太空舱大声欢呼的刹那，也是我的味蕾沉醉之时。在差不多长的时间里，我们都完成了一次关于探索的巅峰体验。尽管有人会对这一比较嗤之以鼻，但贝佐斯体会不到我手中这碗牛肉面的销魂之处，在逻辑上是无可辩驳的。更何况还有一碗米茶清欢在侧。

　　"舍尔灵龟，观我朵颐。"人生驰骛，可援笔作文之事何其多哉，像吃牛肉面这类区区之事，再乐其乐，不过饱腹而已。言及其余，未免矫情。不然，古时有田夫，在太阳下晒背倍觉舒爽，便生捧献君王之意。南窗之旁，有负日之暄；庭柯之下，有披风之爽。人生自在随喜，多美好之事！可惜这么有情趣的人，活生生地被嘲笑了两千多年。

2021年7月21日

## 清澈的倦怠

晚归。白云大道满街蝉声飘荡，街上车少人稀，这首气势恢宏的交响乐恍惚为你独奏，夜归人受宠若惊。夜半醒来，依然蝉声喳喳，热烈得让人幡然无眠。我能听出它们歇斯底里的倦怠，无端地为之揪心。

蝉是世间不平者与辛苦者的代言人。它的日夜喧闹如同一些人的困境，他们一生积极地澎湃，分裂成无数个奔跑，几乎没有时间回望来路旁瞬自我，至死方休。生活就是这样造就我们的：它开始让你生动活泼，接着让你筋疲力尽，最后，让你每日在倦怠中睡去。这个时候的心跳，宛如疲惫的蝉声，即使挣扎着睡下了，半夜里偶尔也会被自己惊醒。后来的时日，你总是黎明即起，无可奈何地掀开被子，惺忪起身，去迎接相同的无聊与倦怠。

这清凉的夏夜让我一身轻松。我在休假中。我在故乡。我把倦怠的沉重外衣扔在另一个城市。在此刻的清明中，我只拥有蝉声的倦怠，我愿意深陷其中。

有的倦怠是值得人深陷其中的。如果漫不经心走在时间的身后，你会在睥睨的日常中看到一些新奇有趣的东西，体验久违的感动。某天黄昏，我漫步于公园湖畔，见一围人在一棵古树下日白谈枯。他们相互交流，偶尔沉默，间或大笑，瞥一眼湖面的飞鸟，再接续枯谈。我在他们眼中看到了汉德克所说的"目光清澈的倦怠"。这种真实流露的倦怠，缓慢、悠然与沉静，迥异于大街上随处可见的迅疾、慌乱与复杂的目光。这些人端坐在纷乱喧嚣之外，不去理会墙外的暮光之城。

有时候，我们需要侧身让过一往无前的人群和命运的冲撞，即安于一隅，谦守自抑，安心享受无聊与倦怠。长大了的人都是离最初的自己越来越远的人。渐行渐远的人都是辛苦的人。有时候，找个机会坐下来，独自想想旧时光，和人聊聊过往事，不定能恰逢最初的自己。我们不必总是谈起将来的。我们即便不可避免地谈到梦想，也不妨谈谈那些破碎的梦想，那一个接着一个的破碎，也是一个接着一个的纯粹，说起来，最多赧然一笑，最多片刻无声。

今日大暑。立秋前的最后一个节气，有爽气忽来，阵雨时行。我和几位朋友徜徉于钟祥铜钱山水库，感受美好的倦怠。在奔放的蝉声中，我恍然已听到秋虫的低吟。

2021年7月22日

# 选 择

> 那天清晨落叶满地,
> 两条路都未经脚印污染。
> 啊,留下一条路等改日再见!
> 但我知道路径延绵无尽头,
> 恐怕我难以再回返。
>
> 也许多少年后在某个地方,
> 我将轻声叹息把往事回顾:
> 一片树林里分出两条路——
> 而我选了人迹更少的一条,
> 从此决定了我一生的道路。
>
> ——罗伯特·弗罗斯特

"每个人一生都不可能避免两件事,一是死亡,一是税收。"我要在富兰克林这句话后面补充一点,还有选择。在襁褓之中时,人激之不嗔,誉之不喜,无欲无求,随意自适。自直立行走之日起,他的自然性就此打住,从此踏足感性与理性交汇的河流。选择开始东张西望——这是人伟大的开端，也是一生"玄冥幽微，变化难极"的开始。它以不确定性起行，以确定性结束。这种宿命笼罩众生，无人逃得。

人是一个端点，他（她）的脚下延伸出无数条射线，每一条射线都望不到尽头。这无数的延伸，如何把握？怎能轻付？无限的可能与有限的获取，成为人的烦恼与苦痛之源。脚步只能选择一条路启程，就像手只能放飞一只风筝。你希望一路上风和日丽、春光明媚，走来却飞沙走石、风起云涌。那么另一条路呢？另一些路呢？左顾右盼，左思右想，于是人不断地悔不当初，上下求索，改弦易辙，得陇望蜀。然而，换一条路从头来过，还是沮丧地发现，除非自欺欺人，你永远无法找到足够的证据证明这就是最佳选择。最后，人只能用推论而不是直接认定的方式，对个人世界的完整性与合理性给予肯定性解读，以此获得一生的安慰。

由此，每每听到某个人快乐地炫耀此生的幸福，我总是微笑不语，一如俯瞰自己的来路时，以为憾事堆满平生，人间多是不如意。

自以为是——世人多以此简单封缄自己的一生，却不知就此一生，我们错过了另一条路或另一些路上的多少良辰美景，与另一条路或另一些路上的多少美丽人生失之交臂。这是人永远的困境：你选择了这一生，一定错过了另一生，无数的另外一生。就像你选择了这个人，一定会错过了另外的人，无数个另外的人。如果此生已好，可以告怀自己幸免于另一条竭蹶之路；如若此生惨淡，唯有黯然别过。

也许我们的一生不过是自己给自己撒的一个谎，谁知道呢？

命运是所有选择的总和。选择之签每次只抽一次，只此一说。比这更残酷的是，人无论费尽多少心力，做出多少选择，也只能度此一生。抚弦登陴，怎不怆恨！

2021年8月12日

## 再谈选择

> 无法达成的目标才是我的目标,迂回曲折的路才是我想走的路,而每次的歇息,总是带来新的向往。等走过更多迂回曲折的路,等无数的美梦成真后,我才会感觉失望,才会明白其中的真义。
>
> ——赫尔曼·黑塞

时间之手把从上古的黄帝时代到晋武帝太康元年的历史匆匆浏览一遍,然后装订成册,放在我的书柜里,此即"前四史"。它们记载的历史几近三千年。这十四册书只占据了书柜一排中的一小格,无数的王朝以及与之相关的人们的命运浓缩在这一格之中,成为我常常不经意的一瞥。

壮志雄心、呼风唤雨、翻江倒海、经天纬地、宏图霸业、国仇族恨、烽火连天、霜风雪雨……与此相关的所有关于人的波澜壮阔、耀武扬威、血雨腥风、阴谋诡计、春风得意以及颠沛流离,都在这一格之中。那些唱采薇采薇的人,唱麦秀歌的人,唱风萧萧兮易水寒的人,唱沧浪之水的人,唱大风起兮云飞扬的人,唱垓下悲歌的人,唱对酒当歌的人及其一生,都在这一格之中。

　　历史在这一格之中几乎展示了它所有的可能性与必然性，也展示了人所有的可能性和必然性。我在所有展示的最后，无一例外地看到悲剧的帷幕缓缓落下，定格的表情哀愤两集。

　　如同人的向死而生，所有的选择从一开始就给他的结局自动埋下伏笔。选择的开端大抵都是确定的，即便有些不确定也是所有不确定中最理想的不确定。人一旦认可了这种确定感，就选择了一种可能性或者一种必然性。你选择了这种可能，就陷入了这种可能，意味着其他种种可能可能不再可能；如果选择了必然，就直接排除了其他一切可能。就像你确定为了一棵树决定放弃整片森林，从此你就只能在一棵树下栉风沐雨，无论它最后独木成林，还是细如伞柄。

　　在一开始的选择中，理性通常沉默，与人保持距离，而人轻易就会给出答案与指向，并决定以一生去践行。对于人的颠顶，不必等到久远的未来寻找佐证，某个阶段之后你再从结果设置反问，答案已不言自明，许多最初的确定变得不再那么确定。一个帝王在累累白骨上建造的宏伟宫殿确定就是他的理想国？一个公侯用一生荣辱换取的功名利禄确定就是他的梦寐以求？一个痴情者手中的鲜花一束确定就是他在满园春色中最渴望采撷的一朵？如果人生重来，再给你一百种可能，你会选择这种可能吗？好像总是：才下眉头，又上心头，卷上珠帘总不如。

　　如果把每个人的心思在阳光下全部打开，该是多么的触目惊心，不可思议。这是人永远无解的困局：无论你选择了可能性还是必然性，到头来都会陷入一种绝境。所谓的幸福与不幸福、成功与不成功都是人单方面的宣布，你只此一生，只此一次，无法自证与他证。

　　人一出生就置身于自己为自己设置的圈套中，无法解脱。于是有杨子泣歧路、墨子悲染丝。在我的阅读记忆中，杨、墨的悲伤是中国哲人最早因为人的困境而产生的最深沉、最无奈的悲伤。杨子泣歧路，因其可以南可以北，一投足就再难回头；墨子悲染丝，因其可以苍可以黄，一染色就再无洁白。人一旦选择，就意味着错过其他；一旦得到，就意味着失去其他。所有的选择都是某种意义上的断臂求生。所以纵然阮籍猖狂，也只能穷途一哭。

　　人有路可行，无路可选。人是自己的绝境。

2021年8月15日

# 另外的生活

我每天上下班必经之路叫作发展大道,是的,就叫发展大道。天知道中国有多少条路叫发展大道。城市是自然的延伸,是第二自然,命名者对自然美价值的漠视或无感,直接决定了我必须走在这条名为发展大道的大道上。至于自然对于一个感知者重要意义的缺失,就此被忽略。

但必须要说的是,作为一个微不足道的小人物,我确定每次当我出现在发展大道时,对必经的这段两千多米长的路程以及关联的局部世界,产生了微妙的影响,赋予了独特的意义。这种意义来自每天我之所见与我之所感,有别于其他路人。至于所见有何不同,所感又是什么,甚至于看见和感觉本身是什么,我的私人世界与这个局部世界产生了哪些勾连与融合,有的我可以回答,有的我必须求教于哲学,有的一提及就廓尔忘言。

发展大道对我来说,是每天走进世界的入口。我每日经过的发展大道中段有六十个店铺,在我行走的这十九年里,除了勾栏瓦肆枪支弹药,这六十个店铺不断改头换面,几乎经营过与人类日常生活相关的每一种生意。每一个店铺都像一个临时舞台,从他们搭建到出演再到谢幕,我在这里欣赏了无数场人生的悲喜

剧。遗憾之处在于，来来去去，移形换影，我没有听到一句值得铭记的台词。我非常清楚，这世上很多人一生就没有几句台词，更不用说到头来能留下什么值得铭记的台词。他们在这个世界上发出的声音和最后留下的声音，如秋风过耳，未觉即逝。更加遗憾的是，我没有记住一张面孔。他们总是来得匆忙，走得也匆忙。比如第一家店，三月还是一群年轻人在做地产中介，五月就变成了两个人的干洗店，九月初，它又变成了一家连锁超市。他们都在一夜之间离去，匆匆如黄叶，飘零似客心。

无一例外地以热闹登场，以清冷谢幕。在这个周而复始的循环中，我将人的饱满与承重尽收眼底，包括承重之下的艰辛、等待、坚持、失落、无聊以及虚无。我在他们身上看到了我和其他奔波者相同的遭际，我们都在用这份承重把不断过去的过去和不断延展的将来不断地填满。往不可追，来不可抑。一处清冷谢幕之后，又必有一处热闹登场。一日之内，一虑九逝；死死生生，悲欣交集。

除了不感兴趣的围棋院和不能涉足的女士美容坊，我几乎进出过所有的店铺。我像一方领主，长年巡视着他的每一片疆土，委委佗佗，如山如河；又像一个敏感的诗人，为去留奄忽以及某些事物莫名地惆怅。我几次步入盲人按摩店，只要一看见那几个低眉顺目沉默寡言的盲人少年，就心生哀怜，赶紧出逃。我的道德与伪善在进出之间一并呈现。我流连最多的是一家画坊，在这里，常常为此生只能凝视不能抵达或拥有的无限美好默默叹息。还有，钢琴专卖店每次只要播放乔瓦尼的曲子，我总会黯然神伤。我观察和感受着这里的一切，努力把我的内心与他者的生活打通，为自己拓展出更广阔的世界，也在这种全新的生活中发现了潜藏的许多个我。这些陌生的我在不同的场域用不同的选择将本身的我一一否定，在发展大道经常制造出一种无形的紧张，我看在眼里，满心疲惫。

我们的生活最终会变成什么模样，这并不是全由我们说了算的事情，一座城市、一条街道每天都会参与塑造与表达。

2021年9月16日

# 黄 昏

　　无日不雨,晨昏都是点点滴滴。天意从来高难问,立秋已多日,猜不透它为何固执地把一场雨从夏落到秋。时间走进秋天时,它的背景应是碧云天黄叶地,冷风西来,北雁南归。在南方,时间却一直站在雨中不肯离去,像等待一个久候不至的消息。于是你也只能持伞以待,为这场雨等待一个久候不至的晴天。

还没到谈论秋天的时候。你没法在这样漫长的雨季谈论秋天，秋天反正也卯酉相望，遥遥无期。清人张潮说春雨如恩诏，夏雨如赦书。其友张竹坡以"赦书太多，亦不甚妙"八字戏评，逗人也逗雨。霪雨霏霏，连月不开，羲和之神实在应该拨开一天俱漫，赦洒一米阳光于人间。

黄昏，天际云情雨意正浓，还是决定到公园走走。行至碧道，有笛声从湖边小亭传来，韵致洋洋，如金石中出，亮彻一园薄暮。夜行人精神为之跃出，每绕行一圈，都兴致盎然地像奔赴一个期待已久的邀约。雨天是蜗牛的节日，它们兴致如我，纷纷从草地横穿碧道，冒雨疾行，奔向森林。散步者零零星星，除了笛声和雨声，满园静默。远处高楼的流光溢彩、路旁昏黄的灯影和路面雨水的冷光一起打在零星的背影上，正是阿夫列莫夫油画中的雨夜，感性、炫丽、明亮且温馨。雨霏霏而细，夜晃晃而烁，笛扬扬而飞，这一切让雨夜充满意味。它们此时在这里，明天或许就会消失。所有的事物都只属于此时此刻。

雨季漫长，不必执意等待晴朗的消息。出门走走，出发的最好时间就是黄昏。

2021年8月13日

## 总有一只蚊子跟着我

  每天总有一只蚊子跟着我,这是一件恼人的事情。以前常常设身处地为"总有一只蚊子跟着我"自行辩解,就像经常找各种理由原谅伤害我的人一样。这并不能说明我是一个懦弱者,喜欢为自己的无能开脱。相反,我把它理解成不以为意的轻蔑与洒脱。再说,我这一生已经杀死了太多的野生动物,尽管都是蚊子。人生很早就明确地告诉我,磕磕碰碰跌跌撞撞是常态,生活有时很尖锐,但并不意味着一定要去对抗。这里是南方,这里四季空气潮湿……一直以来,诸如此类的理由让我对蚊子保持了足够的宽容。但总有一只蚊子跟着我也常诱导我恶从胆边生,心生杀机。于是一只蚊子又以它的死亡,无可辩驳地举证了眼前之人不悲不智的德行。

  多么折腾人的蚊子。以今天为例,早晨读《离骚》时它咬了我一口,中午看云南大象集体夜奔的视频时又被咬了一口,晚上看《绝命毒师》时又被咬多口。在我每次对什么保持投入的时候,都会有一只蚊子投入地咬我一口。我的一举一动它都尽收眼底。等奇痒袭来拍髀而起,它已载歌载舞翩翩而去。我悲哀地发现,在蚊子这种细微之物面前,我找不到一点自负的理由,我无法证明自己比它强大。现在，我已明了这不仅仅是我个人的尴尬与困境，即便在比蚊子更细微、细微得肉眼也察觉不到的东西面前（比如新冠病毒），整个人类都很难找到自负的理由。不论在与同类还是他类打交道方面，人并没有十分自信的把握，他们并非自己宣称的那样站在生物链的顶端。

　　当年从北方到南方，我带来的可是一副好皮囊。十八年过去，人是肤非，其缘由半为时光所侵，半为欲望所噬，半拜蚊子所赐。在客厅、书房、厨房和洗手间等任何停留之地，我们开展了坚持不懈的伟大斗争，战争与和平一直交替持续，分不出输赢。在严防死守均已失效的情况下，游击战成为常态。我想了很多办法，甚至在看《绝命毒师》时萌生过找沃尔特或者杰西买一勺毒品的妄想。还有，我的两个脚踝是重灾区，因为被叮咬太频、毒素太集中已经挠痒成痂，一度考虑将蚊子的天敌蜻蜓、蝙蝠在左右脚踝各文一个，张牙舞爪，以示恐吓，最后担心遭受"人间妖韶，老有余态"的指责，还是作罢。

　　总有一只蚊子跟着我，这件事虽然没有上升到梦魇的程度，但它一直是一个麻烦。我只能开解自己，既然你从来不恼怒于窗外一群鸟儿的聒噪，何必在意室内一只蚊子的挑衅？但皮痒难忍，这个宽慰无法说服自己。我只得承认，人的生活中总有些挥之不去的东西，无论情愿与否，你不得不与之同檐共处。

2021年8月16日

## 我看见了什么

　　晴空卷纱，青红斓然，这是一刻钟之前我看到的窗外的天空。等看了几篇文章回过头来，已是黑云急聚，苍莽而来。我知道，等我转过身，就应该是猛雨扑窗了。果不其然。

　　这几乎是侨都的夏末每日可见的景象。包括眼前矗立的三栋高楼，以及楼下马路上疾行的车辆与行人。所有的存在都没有超出存在的范围。至于天空，所有的发生都不会超出发生的范围。我片刻前所见，片刻后就会消失。片刻后所消失的，片刻后又重现。我看见了什么吗？自然看见了。我看见了什么吗？什么也没看见。这些幻象不过是我有限的直觉的无限地伸展。它们也许在我眼前出现过，从我心上飘过，未曾停留。也许压根就没来过。如果来过，它们在哪里？

　　那些习以为常的事物每天在我办公室的窗前出现，没留下什么，我也没感受到什么，就是雨来风来，日来云来，就是人来车往，车来人往。无法确定什么的原因，也许是我在又不在。我内外皆空，如同一泓被遗忘的秋潭，任花叶落满，云影飘度。

2021年8月18日

# 神 仙 应 笑 我

元宝山公园小而美，有山有水有绿道，常年可小园香径独徘徊。若供一两个小区的人放逐身心，足以优哉游哉。如今则个，周围楼盘环绕，人口蚁集，公园顿时小若盆景。每至黄昏，公园各入口人头潮涌，置身其中，犹若赴晚集，慢行不可，暴走不能，跑则如逆水行舟。其不堪者有五：摩肩接踵，臭味相投，不可避匿，一不堪也。跑步前进，如穿林摘叶，如玩碰碰车，二不堪也。言语激空，嗡嗡作响；嗝屁相鸣，幽幽成韵，三不堪也。行人动作摇曳多姿，拍胸袭裆，摸头拂面时有发生，四不堪也。有空地必有广场舞，有广场舞必有声色争斗，五不堪也。种种不堪，叫人每每出门前心怀迟疑。求山长水阔邈远矣，只能勉而就之。

今日翻《梁溪漫志》，其中一则故事读来让人苦笑。一个读书人难耐清贫，每日求上苍垂怜示恩。一日焚香再祷，忽闻空中神仙发话："帝悯汝诚，派我问汝何所求。"读书人曰："不才岂敢奢望，所欲甚微，只愿此生衣食粗足，逍遥山间水滨，以终其身足矣。"神人大笑曰："此上界神仙之乐，汝何从得之，若求富贵则可矣。"一点山水神仙都眷念，不肯让渡给世人，可见

富贵易得,清欢难求。李青莲一句"华亭鹤唳讵可闻,上蔡苍鹰何足道",已道尽此间意思。若把我对元宝山公园的五分不堪、六分怨念说给神仙听,神仙又该笑我不知足了。

2021年8月19日

# 怎能一丝不挂

红日西沉,彩霞全收,一时山清气肃。远山之巅,一抹微云徘徊。低头后再看,流连处已无痕迹。白日里的万象森罗于暮色之中一一归于岑寂,另一番森罗万象又在我的周围滋生萌发。自然无牵无挂,来去自如,全然虚廓,只有坐在湖畔的我,一身皮囊装满心思,且前念不去,后念不绝,"我执"于深山之中,像一个不舍之人频频回头。

我执——这是人存在的价值和理由,每个人由此标识自己活着的意义。一个人在世俗生活中的孜孜以求,将把他引向何方,这是一个至死方能解开的谜题。以肉身与灵魂的重重负累可以断定,"我执"是人不可抗拒的自投罗网,在与欲望争斗的修罗场中,人的灵魂与肉身无一例外被折磨得遍体鳞伤。以苏格拉底所言,肉身是灵魂的坟墓;福柯反着说:肉身,总是替灵魂受难。无论如何言说与定义,惩戒不可逃离,人终将殉于所欲。

宿命如此时的黑夜一般严实。我想象着尘世中的人们,尽管灵魂与肉身一生疼痛,依旧困厄于万千欲念的泥沼中,乐在其间,不思蜀。

想起《五灯会元》中一则公案:唐朝时,温州净居寺有一位玄机比丘尼，自以为法性湛然，已无来去之相，便去参访雪峰禅师。

雪峰问："你叫什么名字？"

比丘尼答："我叫玄机。"

雪峰又问："你一天能织多少？"

答："寸丝不挂！"（《楞严经》有"一丝不挂，竿木随身"喻人无一丝牵挂。）

然后她转身而退。才走了三五步，雪峰在身后喊道："你的袈裟拖在地上了！"

玄机连忙回头打量。

雪峰禅师哈哈大笑说："好一个寸丝不挂！"

"千尺丝纶直下垂，一波才动万波随。"人万千欲念难消，怎能不频频回首？更何况六合原是一个情世界，苦乐其间，又如何能寸丝不挂？

也是一个深秋之夜，东坡三更归来，家童鼻息如雷鸣，敲门都不应，便倚杖江边听涛声。"长恨此身非我有，何时忘却营营"——临江一声肺腑语，道尽人生挣脱不得的周旋。他甚至幻想挐舟远逝，寄余生于江海。不过，这个对生命与事功执念犹存的人终究没有挂冠江边，一走了之。他回家倒头便睡，片刻就鼻鼾如雷。

2021年8月25日

# 他身之感

　　家里的大理石洗漱台昨天突然坍塌。对这个伺候了一家人脸面已十八年的家伙的自行毁灭，我没有表示太多遗憾。事物的卒莫消长每日都在发生，哪怕它曾经坚如磐石。我倒是对墙上那面即将被一同拆换的镜子心怀不舍，尽管镜子下方已锈迹斑斑。不舍之处在于，它的离去，意味着这面镜子里那个熟悉的我、我所认可的我也将离去，一种真正无言的默契从此消失。

　　镜子离窗户有超过两米的距离，这个距离让镜子十八年如一日，精心呵护着主人的颜面与虚荣：怎么看里面的我都不老，什么时候看都年轻，尊荣自赏，顾盼生姿。它最大的忠诚还在于，不动声色地消弭了主人的痛点：鬓角的白发不刺眼不醒目。我一直认定这面镜子里的我就是最真实的我，他是我给这个世界最好的呈现。在它面前，我和镜子中的我常常发出相同的感叹：时光在自己身上的无痕以及在他人身上的流逝。要什么涂脂抹粉熏衣剃面，一面镜子就足以满足人一生的虚荣。

　　无奈的是，我每天还必须面对办公楼里那面冷酷无情的镜子。这面镜子安装在卫生间的窗户边，依恃十足的光亮，照人于纤毫。每次置身其前都身心俱伤：几道皱纹，几茎白发，几多斑点，在明亮的光线下赫然呈现，昭然若揭。镜子里的这个人是我吗？惊慌之余我总是毫不迟疑地给出否定的回答。并安慰自己，家里镜子中的我才是现在的我，真实的我。我必须承认，我还没有足够的勇气直面衰老与沧桑，就像我至今没有服膺任何一种哲学与宗教关于死亡的启示。在这面冷漠的明镜前，我尽量减少自我打量的时间，以免脸上和心底落下太多冰霜。

家里的镜子，办公楼里的镜子，这两面镜子我每天都要面对，究竟哪一面镜子里的我是真实的我，半生已过，我无法确定（也许是根本不想确定）。这世上有真相吗？事物的本质幽深得让人难以想象与抵达，我无心随猿捉影，何况那么多言之凿凿的真相无法自圆其说，何况还有更多相同的沮丧：我照过这两面镜子之外的无数镜子，每面镜子里的我似乎都不尽相同。如今我能确定的是，万千镜像之中的我都可能是我，也许我可以找到我想要的我，但也不过是其中之一的我，我永远无法确定某一个我就是真正意义上的我。

博尔赫斯说，在西班牙语里你不说"醒来"，而说recordarse，意思是，记录你自己，想起你自己。每天站在镜子前，我心中泛起的是：这个人是不是我自己？

你打量着自己，镜中的你同时打量着你，你们互为镜像。在无数次神秘的对视中，彼此的无数张面孔一一呈现。镜子仅作壁上观。它只是展示，从不声张。

今天，新的洗漱台和新的镜子出现在卫生间。我站在镜子前，微笑着打量又一个我，静静体会今生无法逃离的他身之感。

2021年8月29日

## 让时间先走

停止努力生活，从此慢慢走，这是我今天醒来的第一个念头。产生这个强烈的念头源自连续几晚无休止的梦。那些清晰的、纷乱的、莫名其妙的梦之碎片，落满黑夜里的每个时辰，直至我挣扎着睁开双眼，才得以从梦魇的魔法中逃脱。

窗前，我能看到的一切事物好像都视这个世界为无物。它们

不声不响地置身在时间的角落里，不声不响。我不知道我的灵魂在梦境里的被占据，被演绎，是时间困在一个人意识里脱逃不得的抽搐，还是一种记忆的反复折叠。我的梦境究竟是一个什么样的空间？它秘藏的究竟是何物？我头痛得厉害，有种想极力推开时间的纠缠与围堵的冲动。

我的梦境如此拥挤，但每一个夜晚如同每一个白昼，只留下模糊的片段，连一点点有价值的暗示都没有。我确定我的梦境之所以如此拥挤，是因为我的白天太拥挤，我的灵魂太拥挤。

停止努力生活。我决定从今天开始，让时代先走，让社会先走，让想先走的人们先走。让时间先走，我慢点走。走在这里就是这里，走到哪里就是哪里。起风了就走在风里，下雨了就走在雨里。兴之所至，奉微躯以宴息。

我第一次对"努力"这个高尚的词语心生狐疑。我有点糊涂：一个人努力去生，是不是也等同于努力去死？如同风中那些热烈的燃烧，更迅疾地向天空与大地呈现它触目惊心的死亡。

突然好想找个人谈谈这个问题。谈谈，如果一个疲倦的人决定停下来，坐下来，对更多的人和事从此不理不睬，他是否会就此跌落于存在之外？一成不变是一种罪过吗，如果任凭时间将自己的未来如何设计？还有，在一个寂静的世界里，一个人有多大的耐心独自聆听寂静之声？

走进阳光下的时间里，我的头痛终于缓解。今天的阳光恰恰好，风恰恰好，这让今天既有温度又有风度。

眼前没有任何一物表现急迫。我坐在公园的草地上，望着头顶大片白云中的某一朵。这朵云像个小魔术师，古灵精怪地变幻着各种形状。阳光洒满我的笑脸。在我的目送中，这朵云依依不舍地被另一朵云带走。我庆幸看到了它的与众不同，也在它的与众不同中感受到了自己的独一性。是的，这一刻，我从一直渴望挣脱的普遍性中挣脱出来，把那个一直缺席的主体找了回来，我用最真实的我向那朵云，向整个天空无限敞开。

2021年8月30日

## 在山顶

像一个囚徒逃离了他的枷锁之地？一只蜘蛛躲开了它的自缚之网？鹄立山顶，俯瞰整座城市，我不知道哪个比喻更能表达自己此刻超然的感受。偶尔觅得一点自由，灵魂竟然侥幸得有点不知所措。

在这种居高临下的视角中，城市像个巨大的模型，因为看不清人、车及任何活动之物，它变成了一个抽象的存在——需要植入想象才能确认的存在。我是从城市周末的热闹中离开的，只不过换了个位置，立足于山高处，再打量它，它竟变得如此陌生。这种感觉令人自伤，它让你怀疑自己的来处与归处，是否真是眼前这片看上去阒寂无人的建筑森林。

这只是片刻之间的感受。稍稍一定神，这个世界的丰富性就变幻为一幅现实版的"清明上河图"，场景与声色——铺展。对长期生活在这里的我来说，没有任何方位上的错觉，城市的整体规划与细节安排在我的俯瞰中一目了然。还有，那些晦暗不明的前程，在哪些楼栋里驱使着一些人穷心竭力的沉浮；那些丰歉不定的营生，在哪些街道上让一些人长年辗转反侧；关于男人与女人各种真实的谎言，怎样在大街小巷的茶庄与美容院交流与传播；一窗窗灯火下的虚荣、无聊与暧昧，什么时间会变成指尖的信息在朋友圈发送——所有的这一切，此刻都在我的俯视中生动又枯燥地呈现。在城市森林的广阔空间，人们用分配或选择的身份及角色，以不同的状态在体验自己人生的奇幻漂流。

　　是谁的示谕，把山下的这片土地划作我们这群人与生活执戈相向的战场？就在这一方熙来攘往中，有让我们一往无前的东西，得到和失去的东西。有让我们怀疑和信仰的东西，大声说出过和难以启齿的东西。我们的爱与无所谓都在这里。在倾尽一生积蓄购买的房子里，装满了我们的快乐与叹息。我看到像一只蚂蚁似的我，在发展大道上与其他的蚂蚁按部就班地朝来暮往。我看见一个熟悉的人，如他跟我叹惋的那般，终年为生活与前程在市区丰乐路—迎宾路—建设路—白沙大道上南来北往，晨启暮归。这几条直线划定的轨迹，记录了他一生的颠沛。都在此处，

不出此处——在这一刻的俯视中，城市里所有人的命运让我一览无余。

我们比想象中的卑微还要卑微，无论用多少身外之物为自己加持。只要我们稍稍站得高一点，稍稍安静一点，就会发现，微不足道才是人最贴切的写照。

还有那些孜孜矻矻的憔悴呢？那些在无人处拭去的泪水呢？那些以生活的名义抱守的苟且与残缺呢？就此时所站立的高度，我闻无所闻，见无所见。我只能依赖于想象。我别无他物，只有想象。我们自以为是的生活，也许只是一种想象。

这些关于生活的理解与感觉，我无法确定它是否正确，或者说多大程度上真实，我只是在清明节这个缅怀之日陷入了思考。在我下山之前，回到发展大道之后，关于今天我所缄默的一切，一直没有理出任何头绪。

2022年4月5日

# 吾非昔人

我的住所和工作单位位于发展大道中段的首尾。每天早晨我从路左边走路上班,需要12分钟;黄昏从路右边走路回家,也是12分钟。今天屈指一算,我在这个步行约24分钟的闭环之中已度过18年。这个发现令人沮丧,如同突然揭开内心一个隐藏多年的旧伤。我像一头牛或者一只蚂蚁,沿着这个圈圈老老实实地转了18年。18年远去,全无踪迹。我此时所拥有的,只是一个抽象的命运。我突然明了那些即便在梦里也纠缠不休的寂寞,为何总挥之不去。

今天早晨,我在路左边注视昨日之我在对面人行道上消逝于黄昏的归途;黄昏,我又在路右边看到早晨之我在对面人行道上走失于清晨阳光的朗照。在一个平行的世界里,一个人分别在清晨与黄昏走向每日既定的衰败与死亡。每一个朝朝暮暮在我身旁发生的青翠与绽放、凋零与枯槁,其实就是无数个我自己,对此我竟毫无察觉。在此时之前,彼时全无,我已全无。

我望着大道上的车来车往,它们像奔腾不息的流水,不舍昼夜。逝者如斯,多少人匆匆不复返的岁月与年华。还有更多更远的人们,同样在对死亡的无知与无视中奋力追逐着生活的意义,但知旦暮，不辨何时。

死是一件此时此刻、每时每刻的事情。子生于亥，死于丑，此一时之生死；日生于朝，死于昏，此一日之生死；春生于冬，而死于夏，此为一季之生死。袁中郎对死之精微而惨淡的描述，可以延及人和人身边的一切：少年是童年的死亡，中年是青年的死亡，皱纹是青春的死亡，废墟是建筑的死亡，孤独是热闹的死亡，沧海是桑田的死亡……死与每一个人相依，死与万事万物相依。生死热烈纠缠，跳着一曲深情的探戈，直到最后一个音符，生命戛然而止。

死亡纯属日常，它就在举手投足之间，一颦一笑之后。转眼之间，我们就可以向世人忧伤地说起：吾犹昔人，而非昔人。

2021年9月4日

# 白 露 无 霜

　　今日白露。在这个秋节气，我着短裤T恤走在夏日的元宝山公园，看满园春色，不知今夕何夕。倘若借用北宋哲人邵雍对世界的观照之法，以我观物，则我在白露无霜；以物观物，则我不在白露依然霜无。我与白露差不多是两相悦，两不知。

　　也许是为了自拔于精神的惰性，我总是希望每个季节是有所改变的。就像没完没了的晴天让人疲乏，没完没了的春天也一样令人烦闷。不变的身边就站着不适。大街上，几个陌生人莫名其妙地凑拢在一起仰望没有什么的天空，这并不是一件无聊的事情，人偶尔有一点哪怕是愚蠢的出格，也能制造出一点小小的欢乐。我不喜欢没完没了的晴天，无论如何都应该间或下几场雨，这会有机会让箂杜鹃带露，丁香花添愁，小巷变得悠长，闺中泛起相思，五颜六色的伞在一个人或两个人的头顶绽开它们存在的意义……司空见惯的人和事物发生微妙的变化，即便不令人动心，也会让你在庸常的无意义中瞥见另一种无意义。对今天的我们来说，对困在疫情里的那些生活而言，变化是一件奢侈的事情，它与惊喜一样奢侈。

　　岭南的无冬甚至于无秋，让许多上天赐予人的季节性情绪和生命体验全无着落，这让我时常怀疑五行对应四时的传统哲学命题是否成立，还有宇宙的生发是否一开始就在我如今生活的世界另辟蹊径。对于目睹过洞庭始波、木叶微脱的秋色，抚览过千岩俱白、万顷同缟的冬雪的人来说，逃离四季如春，成为我人生的一种强烈渴望。差异性，让我对人本身充满好奇。他者的无限性不仅证明了个人的唯一性，也让我领略到人参差百态的呈现，得出关于人与生活的更多结论。存在或虚无，终于可以欢然以喜、慨然以悲。对于季节的更替，亦然如此。

我如此渴盼秋天，还有很重要的一点是因为这是一个属于告别的季节。人的一生都在告别之中，人与人告别，人与时间告别，在长亭短亭的相送之后，瞻望弗及，涕泣如雨。这种哀愁从《诗经》中的春天弥漫到后世的每一个季节，让"别离"这一人与生俱来的悲剧性充满深婉沉痛的美感。没有经历过告别的人生是不完整的。秋天有着最深切、最密集的愁绪与飘零，在这个最让人无能为力的季节里说再见，我们才能做最好的告别，为今生留下最深的眷念。

在南方，可惜白露无霜。

2021年9月7日

# 一日未有之变局

这是个秋风沉醉的清晨。焦赣说"秋风生哀，花落悲心"，但我的沉醉正是因为这春风般的秋风，有点暖，又有点凉，那种北风其凉。至于在林荫道上飞舞的花与叶，不哀不伤，如我久违的独笑。我不知道今晨步入发展大道，为何会产生这种少有的凌空蹈虚之感，也许是因为风飘飘而吹衣，也许仅仅只是昨夜失眠而导致的头重脚轻，或者，如《易·说卦》所说："兑，正秋也，万物之所说也。"作为人间一物，我每日拖着沉重的肉身在这个不确定的时代朝来暮往，上苍也当偶尔相悦。一日之安在于晨，一个人早晨的情绪如何，基本可以决定一天的空虚或饱满。我为今天有一个好的开局而莫名自喜。

走到洗车行附近时，我突然看见地上有个人头……血压瞬时冲顶……人头……我后退了半步。咳嗽一声，小心上前，原来是个塑料模特的"人头"，还戴着黑色的齐耳假发。某个家伙随意抛掷的恶作剧把一个御风而行的人险些吓成工伤。

我准备离开，但"人头"怔怔相望，似有所求。作为一个良好市民，我决定把它提起来找一个垃圾箱扔掉。又想：我大清早提着一个"人头"招摇过市，会不会引起恐慌？不行！抱起？不行！举起？也不行！我仿佛看到众多警车呼啸而来把我堵在街角，一个警察举着喇叭正对我喊话。

"人头"目不转睛盯着我。它在等着我的选择，试探我的良知。它不动声色的凝视，已触及我的灵魂——灵魂中那些淤结的死灰与麻木，那些飘荡的、游弋的不知其可。这真是一个道貌岸然心机叵测的狗日的早晨。

我最后决定离开。我已目睹和经历了这世上太多的不确定，它们暗流涌动厥势吞舟，令人惶然。我不想把自己推进一种不确定。走出不远，身后突然响起几声女人的尖叫。想起伊花容失色的样子，我无耻地偷笑起来，好似终于有人跌落于我精心设置的陷阱。又走几步，身后又传来几声大喝与尖叫。我走在斑马线上，笑出鹅叫。我笑的样子应该像电影《小丑》中小丑笑的样子。

那些惊慌甫定的人们随后也陆续发出历险后的大笑。他们和我一样，都在这个"人头"带来的惊惧、慌乱与醒悟的目击过程中，享受到了片刻刺激和快感。它激活了我们的一日之晨，也许还有沉睡多年的某些感觉与意识。日子过得快要淡出鸟来，对于浑噩乏味的生活来说，这样的恶作剧是多么难得。

我的笑容是在踏上对面马路的那一刻消失的。我转过头来，想再看看那个"人头"。我以为这么宽阔的马路会看不到它了。但是，一定睛就惶然发现，它正直盯盯地望着我。它和我遥遥相望，和一切遥遥相望。它的目光洞穿了我以及周围的一切。我感觉它突然大笑起来，笑得"秋风生哀，花落悲心"。我赶紧转过身来，向远处快步奔逃。

2021年9月19日

# 丢 失

早晨在网上查找一句格言的出处,读到一篇署名文章。看篇名似曾相识,接着往下读,熟悉的感觉愈加强烈,当引用格言的段落跳入眼帘,我蓦然惊醒,这不是我的文章吗?继续往下读,我马上感受到了当年起伏在语序间的心跳,听到了洒落在几个尾号之后的叹息。失散多年的另一个我在字里行间高视低回,栩栩如生。剽窃者把我的文章抛入网络的汪洋,我竟然于此汪洋中极其偶然地遇见它,这种际会几同于参商相逢。

我早已忘记这篇文章的存在,更不知道几时把它丢失。我找到了一个丢失的我,一个也许一直在等待我去寻找的我。这种侥幸让我的欣喜慢慢被悲哀掩盖。

整整一个上午,我都在回想我出走半生所丢失的东西,发现无数个我在无数个场景与我深情相望,令人怅然动容。个体的悲剧以其无限性和复杂性在一个人身上无边无际地呈现,这种汗漫让我更加惶惑于我此刻的存在。

可以确定,少年之前,一个叫李鸿的人在这个世界的存在清晰而完整,他不存在丢失什么东西,即便有丢失的东西也准确地落在丢失之处,方圆几里之内,一目了然。与之相关联的风物更是确凿无疑：比如故乡老屋前的长湖，屈原一定在这濒临郢都纪南城的湖边，采撷过各种鲜花与香草，编织他的服饰与《离骚》，这些鲜花香草如今依旧葳蕤，曾经让一个高贵者为衣为裳的芰荷与芙蓉在湖中处处盛开。还有"战国四公子"之一的春申君，他把自己和自己未曾实现的君王梦埋葬在我家老屋后的不远处，任芳草萋萋，让白发垂髫怡然放牧。时间把两个伟大的梦想者丢失在历史的深处，但我简单清楚地活在此处。

后来，少年出走，去人海中追自己命运的风筝。他开始不断丢失，像那个第一次下山的猴子，在不断采摘之后又不断扔弃。我是在哪一个清晨中醒来，甚至来不及关上旧世界的门窗，就迫不及待地闯入另一个世界？我的第一次自我丢失在哪一城哪一隅？岁月太深，无力排闼。在这种不断地离去与闯入中，我不断地被另一个我抛掷于后，且再无问津。我并不认为自己身上表现出的这种人所共有的得陇望蜀的习性属于一种偏执与不理性，我感觉自己是因为一直没有真正找到什么，也就未觉得自己丢失了什么。我要找寻的我飘零天末。在这种荒诞意识的指引下，我不断把自己推倒重来，在原地或者另择一处，重塑另一个自我。"我"就此不停地被丢失，那些曾经珍贵的拥有洒满一路，与时光一同销沉。

此刻，无数个我从岁月深处列队向我逶迤而来，迷惘的行色证明每一个我均没有找到生活的确认，他们的行囊装满了同样的虚无。我为他们感到深深难过。这种感觉如手中的咖啡，冰凉如水。

又想起了那辆红色的卡罗拉。自从三年前将它卖给二手车行

后，一直心怀依依。它不仅是一辆车，它陪伴了我们一家最紧要的十年。它甚至就是我。如今每次在大街小巷看到红色的卡罗拉，无论在哪个城市，我都会下意识地瞟一眼，疑惑它是否就是我的卡罗拉。哪怕它在奔流的车海中倏然而过，余留光影，我的心里和眼中也会马上条件反射似的泛起柔情。

无数的我已经死去，无数的我与我共存。我确定余生我们可能会相互想念，但依然无法确定彼此不再丢失。

2021年9月9日

## 不幸的蝴蝶

　　我对于生活给予的苦痛越来越逆来顺受，安之若素。这并不是说我的内心日益坚硬或犬儒，我只是在生无所逃的情况下，主动皈依了生活。天垂雨露，不拣荣枯。生活给予别人的好与不好，也会在适当的时候给予我；所给予我的，别人也会以不同的形式领受，只不过在此时或者彼时。你感受，你承受。人这欲望之造物怎能拒绝与推脱欲望之回馈。

　　就譬如我此时正在发作的慢性鼻炎，我只能无奈地面对它，感受它。每隔一段时间，这个近乎致死的疾病都会幽灵般缠附于我的身体，将我的尊严与体面暴凌殆尽，以此向我一再宣示人的脆弱与不堪一击。在永远难以确定是春天、夏天还是秋天的季节，这个挥之不去的梦魇，一次次将我带到绝望跟前，喷嚏狂放，涕泗横流，有时即便妻美在侧，也觉生无所恋。我因此更加坚信克尔凯郭尔对人类困境的断言：人作为一种精神存在，没有不在绝望之中的。一切所谓的安全、对生活的满足等都只是绝望。森罗万象之域，景自韶华，心自孤凉。

　　这种来自于对自己肉身的无能为力，让精神常常颓丧。人的意志却步于一种命定的否定，奉微躯亦未能宴息，这该是一种何等的无奈。我由此越发谨慎起来。尤其是踏入天命之年后,更加怯懦于与疾病的对峙。灵魂的恐惧与战栗已然太多,这既有身体机能明显退化引发的忧虑,也因了时代突然降临的万千不确定所涂染的浓重阴影。日月之所照,雨露之所及,人的苦痛绵绵不绝,无远弗届。面对上苍坚持赐予的苦难,我们左右为难,一直不知如何是好,从来不知如何是好。

事实上,我一直试图在这种绝望之境寻找两全,一如古人之脱略于形骸,把不堪的肉身留在人世间继续忍受不堪,灵魂则旷神远致,逍遥物外。尤其是在每次鼻炎发作之时,总作如是想。就如此时,我关上办公室的门,闭上眼睛,慢慢让自己挣脱沉重的肉身,慢慢归于虚无,迹庄周而化蝶。我飞过发展大道,飞过元宝山公园,飞到一个幽静的山谷,歇息在一块杂花簇拥的青石上,观气融于广漠,或岚霁于虚无……只此片刻,我在这斗室之中离形去知,坐忘解脱。

咚咚咚……保洁阿姨敲响了我的门。在这三两声之间,蝴蝶跌落于我之肉身,回归被鼻炎折磨的我。在回过神的一刹那,我和蝴蝶清楚地窥见了彼此永久的不幸。

2021年9月14日

## 大 同 小 异

我没有多少异于他人的想法。我的想法不离他人想法的左右。如果我用不同于他人的话语表达了我对这个世界或者某件事的看法,那也是得益于孔孟老庄的教导,还有一些学者、作家、诗人以及民间思想者的启发。

我尤其要感谢佩索阿与沃尔科特,他们让我对文字神秘性的不可预知以及语言丰富的灵魂,重拾热爱与敬畏。还有同乡余秀华——这个在诗中扬言冒着枪林弹雨也要穿过大半个中国去睡你的女人——一年四季在横店村对爱情唠唠叨叨的女人,我把她的倔强与执着视为故乡对我写点什么的遥远暗示。我由此更加确信,写作并非作家们的特权与专利,再普通的人都可以提笔写下他对生活与众不同的理解与表达,就像每一个农人都能在自己的田野耕作出小麦、稻谷这些自然的思想与茂盛的奇迹。

至于我写下的那些故弄玄虚的文字,应该归咎于我心甘情愿地在哲人们特别是那些存在主义大师们思想中兴奋的迷失。我像一个混沌半生的人,突然之间灵智清醒,蹑手蹑脚地推开思想的院门,试图弄清楚有关自己与这个世界的关系与位置,岂料又踏入新的更深的混沌。在一个真实的虚拟世界里,这个无所适从的人变得痴痴呆呆，自言自语。

说到存在，事实上，我已长久地习惯没有思想的我，也早已预料到自己与绝大多数人一样平淡一生的结局。我悲哀于这种结局，但无力追索因果。

我扎根在与所有人的相似之中，总是附和，偶尔疑惑，积极尝试着去理解。许多费解一直无解。在与他人群集之时，我有时站在他们左边，有时站在他们右边，多数时候站在他们后面，从来怯于站在人们前面。我在人群中一以贯之的站位与姿势，有力证明了我是一名合格的附庸与随从。

总是站在人群后面——我把它作为自己如今所追求的广阔而自持的活法之一种。这种活法让一个疲惫者常常如释重负：当你不用从正面去打量人类时，你的内心会安宁许多。

2022年1月22日

## 今月不及古月之朗

　　一个十多亿人的群体在一夜之间共同表现出前所未有的静穆与虔诚，这种唯美主义的表达一定有虚饰的成分。尽管如此，我还是要承认，每年今夜此时，人类终于暂时平复了他们欲念的潮汐，一起显露出难得一见的高贵与圣洁。

　　夕月既望，素月流天，清辉洒满寰宇。人们祭月于花前月下，吹埙篪之风，扬金石之音，序天伦之乐事，发思古之幽情，高谈欢饮，浅唱低吟，眸中之月、眼前之人都充满似水柔情。是的，人类今晚充满柔情。

　　无数个像今夜的夜晚，就比如昨夜，人在何所为、何所思？面对这个简单的问题，许多人估计都会一脸茫然。岁月庸常，很难有多么意外的回答，庸常就是回答。在一个朗月和另一个朗月的时间之途，人们举着现实主义的大旗，或披荆或浑噩于自己的欲望之旅，几不知丽天垂象，继日代明。到今夜此时，才放下行囊，检点一年的存在与虚无。在咏歌醉月之后，我们无不惆怅地说：今月不及古月之朗。

　　人是一种记忆的动物，他从时间中走来，也把在时间中经历的一切留存于大脑，这些留存就是他一世为人的证据。这些证据是他亲手写就的，是确定的，是存在过的，是他拥有过的。月亮是时间的证人，它朗照过这一切，并帮助人封存了这一切。就像那个美丽的传说，在月亮背面的大峡谷中，存放着每个人所丢失的过往的一切珍贵。我们说今月不及古月之朗，是因为古月见证了我们业已的存在，以及在消失的存在中曾经拥有的美好。

银辉之下，我感喟于人的一无所有以及他们对一无所有的执念。过去都已过去，它不在任何人的手中，它变成了一些记忆、画面、故事、诗赋和特定的语词，一些我们年年举头所望的相似。尽管全已虚无，我们确定它们曾经存在过，并以今晚的明月遥祭。我同样忧伤于月光下我们对未来不确定的忧伤。此时我们既相忆于昨日，也慨然与明天誓约：人长久，永相思。

没有什么古人今人，都将是古人；没有什么古月今月，都是今时月。今夜的人们在漫天银辉之下对酒当歌，问人生几何，明朝醒来时是否会依旧感叹生如朝露、去日苦多，当另有分说。作为一个感觉主义的追慕者，此时我只想把契诃夫的这句话献给自己和那些披星戴月的人们：别说月色如何明亮，请展示碎玻璃片上的凛冽寒光。

2021年9月21日

## 吾身自有冰炭

有人说秋刑清肃如镜，是对万物的审问。时令中蕴藏的此番哲理，对我这种生活在南方的人来说阙然无感，实在无法神会。像今日秋分，有丹桂之香，无秋刑之气，加之百卉丛生，萋萋蔼蔼，若诵读欧阳子的《秋声赋》，必须借助联翩的想象。世间万千事，说之了了，皆有次序，换个地方或心境，却大谬不然。

在我的周围，时令节气的变幻，让人与花鸟虫鱼无动于衷，我也习惯性地淡然于人与物的淡然。我和一切知觉者一样，在日常之中，见本而知末，观指而睹归，心中少有波澜为这花枝招展的人世所起伏。我已经用足够的时年，把阴晴变态看了，把熙来攘往看了，把盛衰无凭看了，觉得变与不变大致如此。踌躇满志与万念俱灰殊途同归，有和无别无二致。我这样思考时，正以一个局外人的姿态走在发展大道上。这个姿态很多年前我那岳父大人已经用一个词做了精准描述：大摇大摆。今天晚上，我还将大摇大摆去到元宝山公园，以无罪之身继续看十七的月亮。我以我的方式热爱着生活。

我不会去刻意回避自己的生机勃勃。生机勃勃是"我的世界"的主题。我把世界分割为"我的世界"和"我之外的世界"。"我的世界"无穷大,在这个无穷大的时空里,我用自己的感觉、自己的词语、自己的手,畅意经营属于我一个人的四季。有时候,我在春天里会为自己编织花冠,夏天则无所畏惧地走进一场暴风雨,秋天的时候我会躺在高高的草垛上对着天空想一天的心思,至于冬天,我会在纷飞大雪中一边奔跑,一边歌唱春天。我的灵魂在这个世界里自行其是,休眠或者奔驰,丝毫没有人间真理的负累。在这里,我就是我的真理,"吾身自有冰炭"是一个完全得到承认的客观事实。

在"我之外的世界"里,我退避三舍,将之布置得越来越逼仄。与那个纯意识的"我的世界"不同,我把这个世界的生活原则确定为"不许胸中生冰炭"。安静时我会冰而炭之,躁动时则炭而冰之,我在人群中不徐不疾,不即不离,尽显中庸之美。

秋分之后是寒露。秋末北方始寒,我将在南方等鸿雁来宾。我确定在它们抵达之前,万物如常,不会有什么始料不及的事情发生。唯一会变化的是,寒露之前,我应该能读完《淮南子》,寒露之后,我会开始读《抱朴子》。

2021年9月23日

## 一个人的疆域

女儿今日启程，负笈英伦。和夫人在深圳湾送她坐船到香港乘机，各种唠叨不止。新冠肺炎疫情犹在，一路病毒伏视，心中为之忐忑，唯有再三祈祷。办完入关手续，女儿回头向我们挥手告别，然后和一群青衿学子消失在大厅后。所有送行的父母依旧在原地延颈遥望，宛如魂牵。

出门之前，我在书房中随手拿起卡内蒂的《人的疆域》一书的腰封，剪成几条，用胶纸粘贴在三个行李箱的上下左右，以便她在希思罗机场取行李时能一眼看到，少些查找。此去万里之遥，另外一个世界的日常大多我只能想象，能做的就只有贴几张纸片提醒了。

关于别离，世间言语已太多，都是惆怅语。江淹说"黯然销魂者，唯别而已矣"！他在《别赋》中以"别虽一绪，事乃万族"铺陈各种别离的情状，写尽离怀愁苦，后人都陷在此中，空悲切。眼前之世，朝发夕至的交通与即时通信已消解太多的别离之苦，但再尖端的设备与再无限的云端，亦读取和容纳不尽人间相思。与子之别，思心徘徊，人类注定无法驱除别离的痛点，我猜不透这是上苍给予人的福报还是惩戒。

一个人的离开，意味着行藏轨迹的从此改变，他（她）将从一种安逸的、安全的抑或熟悉的"原始世界"挣脱出来，走进未知的疆域。这是继脱离子宫之后，人第二次剪断自己的脐带，走向新生。与第一次身不由己地告别母体不同，此次的挥刀自剪夹杂着自觉自知的犹豫与决绝、兴奋与疼痛。

夏末秋初，蝉蜕不啾。有梦想的人不会心甘情愿长成一棵原地不动的树，时间久长之后，耳边的燕语低回，头顶的蔚蓝萦怀，都会让她心烦意乱。她渴望出走，哪怕踏上荆棘之途。她要去追赶白日的流云与夜晚的流星，她的梦想必须启程。某一个清晨或者午后，她终于变成了蒲公英，心甘情愿地被风带走，留下托举她一生的花秆，在原地左右难安，惊慌失措。

作为同样的一棵蒲公英，当初为何要从北方随风飘至南方，

我一直无法给自己一个清楚的解释。人有时靠梦想生活，有时靠感觉生活，有时靠行动生活，反过来说，生活即梦想，生活即感觉，生活即行动。生活的真理在于它从来不提供唯一的真理。刹那间做出的选择，让人在生活中分蘖，走向另一种可能，或者说另一种局限或者无限。那些义无反顾离开的人们最能品出如许滋味：此去经年，多少良辰好景虚设。

人不断走出自己的疆域，世界也因人而辽阔。这辽阔的疆域容纳和展示了密密麻麻、深深浅浅的脚印。这些脚步总是匆匆，总少挂及，它有多长，它身后的目送就有多长。目送是人永远无法剪断的情感脐带，它一直无声无息、小心翼翼地跟在另一个人的后面，像风筝尾后的那根长线，被紧紧地攥在放飞者的手中。

生活告诉我：那些离开的人开始都是一棵树，后来变成了一棵蒲公英，不过最后他们还是会变成一棵树的，只是扎根在远方。生活还告诉我：一个人告别昨日之我，意味着将至少会有两个人开始思索人的存在与虚无。

2021年9月27日

## 浮生无梦奈若何

夜翻明清才子佳人书,半是叹惋半追慕。《秋灯琐忆》里的秋芙说:"人生百年,梦寐居半,愁病居半,襁褓垂老之日又居半,所仅存者,十之一二耳,况我辈蒲柳之质,犹未必百年者乎!"人生艰难苦痛之味被她一言以尽之,苍凉浸骨。话中哲理可灌顶古今。这些才子佳人生负情癖,且多不得善终,但他们苦

短人生中的玄心、洞见、妙赏与深情，精彩至极，一刻清欢足抵十年尘梦。都说浮生若梦，有梦已是好，有深情之梦更是绝好，怕就怕牵挽一场，纵然长生久视，却恩爱无着，缱绻无缘，一生如鸡鸭同眠，讲无可讲，到头来亦梦无可梦。

2021年11月17日

## 说什么好呢

当W先生走进我的办公室时,我有种手足无措的感觉。为争取到他的一笔宣传经费,我提前精心准备了一整套说辞,这一直是我所擅长的。但是坐下来后发现,这些具有鼓动性的词语和句子全无踪影。我一边假装认真聆听W先生的设想,一边在脑海中急急搜寻,发现除了几句永远在线的客套话,其他语词均已逃之夭夭。它们又一次在我谈钱的时候,对我发动了语言政变。

这是一个喧哗的世界,走到哪里喧哗就在哪里。言语如南方的雷阵雨,随时会向你袭来,让人蓦然以惊,狼狈以对。当我下意识对眼前之人之事产生抗拒时,言辞常常将我的机敏与智慧推开,恶作剧地让我要么语无伦次,要么讪讪失语。时间久长之后,便认定,赶紧结束一次无聊的谈话与提前离开一场无聊的饭局同等重要。

是的,这不是言辞第一次集体逃离我的思想。它们在一些关键时刻的离场,让一个准备口若悬河的言说者如遭雷击,呆然无语。从那些极力掩饰的尴尬中,我慢慢读懂了别人眼里的我所表现出的冷淡、敷衍与不以为意,不过是一个被言语与情感泡沫浇透的人,对人群主动地退却与疏离。越来越多的时候,他希望自己不是置身在一条热闹的街市,一个热烈的现场,而所路经与面对的最好是一条安静的河流。他更想做一个孤独的垂钓者。渔获不是他的目的,他只想感受自己真实的存在,自己是自己灵魂的实体。

我用行动、思索和简单的表达与叙述建立起自己的王国。它与这个世界心照不宣地保持着一种弱关系。这样挺好,我感觉它们两不相欠,也两不相厌。沉默在更多的场合成为它们交流的语言与主题。

说什么好呢?该从何处说起?这样说合不合适?这种频密的自问不知从哪一天开始纠缠起我的意识,以至于让我和言语变得审慎起来。有一些话我不想说,有一些话不能说,所剩无几的话最好遇到你想说的人再说。以我的善良与怯懦,即使找到了想说的人,也要努力从自己的修辞术中为言语找寻出路,以尽量让对方愉悦。于是问题又回来了:说什么好呢?该从何处说起?这样说合不合适……谈话因此走向单调和更糟的单调,无聊与更深的无聊,以至于最后不得不吐露的词语,就像是用高利贷借来的。

维特根斯坦说:"语言的界限就是世界的界限。"我所谓的"不想说",并不是言语在逃离我,而是我在躲避这个世界,它们只不过准确读取了我的潜意识。真正的我与这个世界日渐疏远,真正的语言也习惯了不说。我必须坦承,这种疏远与沉默缘于我对这个世界以及人性二者信心的丧失。在经历了太多废话连篇的场合,倾听了太多口是心非的表达之后,我已经发现,真正的言语大多止步、秘藏、淹没在人类的内心,人们已习惯于用那些劣质、雷同的言语打发人间,再一起咀嚼与反刍这乏味的声响，最后还真诚流露出很享受的神情。面对这些言语荣华与语词泡沫，我决定和我那些幸存的、珍贵的言语一起，退避三舍。

　　维特根斯坦还有言："当我们交谈的时候，我时常感到需要把词语从我们的交谈中抽离出去，送去清洗，清洗干净之后，再送回我们的交谈中。"维氏对纯粹的执着与虔诚令人感动。我没有这个耐心。就像我此时面对的这个客户，本来我对他的到来是满怀期待的，莫名其妙的是，此时的他在我眼里更像是一个不速之客：这个口水佬为什么会跑到我面前喋喋不休？

2021年10月2日

# 听 吧

最后一缕夕阳消融于眼眸,我的双睑沉沉如门闭户。对于随之而来的余晖,任它如何蔚然在天际,我也不想再目及。历览了半世人间,大千世界尽藏里许,我的双眼此刻充满疲惫。

人携七窍临世,他一生的追求就是用这造物之赋去尽力感知。眼睛是人的神明,它为人发现无限的美,让世界与人本身因此熠熠生辉。心对于视觉的传递充满兴奋与好奇,它总是按捺不住地将各种诱惑转化为欲望,结果让眼睛最终沦为人的陷阱。五色令人目盲,目盲导致心盲,其中的千伎百变,机巧横生,让人万千欲念难消。

一如佩索阿所言:智力所在之处,生活永不可能。我双眼的疲累亦并非来自它本身的饕餮,归根结底还是心无休止的索求;反过来推己及人,一个人的欲海沉沦,也是因了眼睛永不餍足的猎取。我很少逃脱过眼与心的合谋。这半生,我没有从堕落滑向更大的堕落,并非得益于某种教诲,仅仅只是因为侥幸。

人的沉湎在于,一生看得太多,继而想得太多,而静下心来听得太少。袁中郎自诩"处万人场,如若幽室",原因在于他已入"既不见己、亦不见人"之境界。袁氏自诩东坡转世,其人之阅历之灵性之超拔自非常人可比。以无处不在的喧腾与焦虑大致可揣度，世间之人多如我，即便身处幽室，亦若万人场，森森然既见己焉，又见人焉。眼前汹汹，心思也跟着汹汹。人的双眼不会放弃对这个世界贪婪的凝视。它一生见证与接纳魅惑，最后沦为反噬自己的深渊。

那么就听吧。在一切可以闭上双眼的时间和空间，在一切静止的和飞奔的、冷寂的和繁华的、孤独的和喧闹的时刻，更多地侧耳倾听。当我闭上双眼，城市与人在我面前隐退，嚣张的噪声气焰销压，我身体中一些潜藏的功能开始醒来，它们带给我一些奇妙的感知。我面对的不再是某个特定的对象，而是对整个世界的静观。我的意识重新找到了自己，它带给我的第一份惊喜就是，我听到了自己似乎从未倾听过的心跳，它仿佛从一个密封的幽室中执着地敲击心壁，提醒它的长久地被遗忘，提醒我自己依然活着。我可以确信自身的存在不是一种荒谬。这一刻我打开幽室，心扉豁然开敞，其中朗如皎日。

视觉被眩惑已久，它侵占和剥夺了人对自己以及这个世界太多不一样的感知。听吧！把时间与空间忽略，听风声雨声、鸟语虫鸣、鸡鸣犬吠。听一群孩子的朗读。听信徒的吟诵。听一个人黄昏的独奏。听另一个人暗夜里的哭泣。听圆润与撕裂，细语与崩溃。听蛩响的秋急与蝉声的暮悲。听月出皎兮，佼人僚兮。听爽籁发而清风生，纤歌凝而白云遏。听万木无声待雨来……

听吧！听到的比看到的更多、更深刻、更丰富。在谛听中重建自己的精神秩序，这个秩序会摒弃形而上的话语，过滤让视觉深受其害的虚假，谢绝一切道貌岸然的人与真理。听的世界里既有时间的邈远，也有空间的寥廓，它将把你带至不可至、不可见之处。听可静观，也能动感：天地一指，万物一马，古今一契，皆可倾听。听吧！听渊默而雷声……

坐在森林里的石凳上，我闭上双眼。我闭上眼睛这件事，只有耳朵知道。这个世界给予我的疲惫，生活给予我的疲惫，公园里所有花鸟虫鱼给予我的疲惫，顿然消逝。这个在光怪陆离的世间久蕴成病的人，寂若忘生。

2021年10月4日

## 半世虚荣

知命之期，用美颜相机拍照以作纪念。看第一张感觉自己年轻了五岁，第二张则几乎年轻了十岁，于是乎俗颜大悦，雄性揽镜自喜之态跃然。继之赧然，知道此人非我，我非此人。白发、斑点与皱纹赫然在目，如何欺得了朗朗乾坤？终于颓然无语。以美颜前后的心态来窥探半生，我所执念的一切究竟有多少是虚幻之物？一时汗颜于自己的半世虚荣。

人起步于单纯，不久就把单纯辜负。特拉赫恩有一段话说得很好，他把儿童比喻为蹦跳的珠宝，一旦他们学会了世界肮脏的手法，就不再是珠宝了。后来的我们，从形容举止到功名利禄，我们用美貌、金钱、权力、地位这些词语一路编织虚荣，以证明价值、迎合认同。我们把虚荣的追求当作是正当的，又把正当的追求当作是严肃的，一生为之孜孜不倦、俯仰低昂。到最后，将这些虚荣兑换成一些固定的语词，来装点自己的生前身后名，这些关键词大致如此：成功、富贵、显赫、卓越、伟大、不朽……甚至于活着。是的，万物既伟大又渺小，最不济的时候，活着也成为渺小者的伟大之虚荣，隆盛不输那些辉煌的死去。

我是谁？我想要什么？我想要的是我自己想要的还是我以为

自己想要的？是古来如此的还是现时命定的？是为多数人期望的还是多数人选择的？是深信不疑的还是犹豫不决的？是反正如此的还是不过如此的……每一种回答都是一种选择，这些选择展示了人生的有意义或无意义。无论有无意义，人都会努力滑向虚构，沿着那些有特定意义的语词所指的方向虚构，最后在世俗认可的虚构处领取一个标签性的词语贴在胸前，向世人证明一生所求、一生所获。

我关上手机，靠在人行道的长椅上，看如水车流。车中一心向前的人们，他们紧握的是一个方向盘还是生活的道具？是堂吉诃德手中的长枪还是西西弗斯托举的巨石？是时间还是意义？人们一定无暇思考这些问题。此刻，他们眼里只有前方。也许，虚荣就像他们手中的这个圆圈，挂在前方的某个地方。

多么荒诞，我看到世人千辛万苦地挣扎，不过是为了抓取一个幻影，作为虚荣的举证。这不也是我的自以为是吗？我的虚荣成就了我的荒诞，无数个"虚荣的我"构成了这个世界的荒诞。我还不无悲哀地发现：荒诞不仅仅在于荒诞的人或荒诞的世界，还在于两者的同时存在，它们相濡以沫。

　　一片树叶落在我身上。又有一片落下来。我抬头仰望，树是繁茂的，繁茂是真实的，包括我手掌中的两片落叶。我是真实的吗？我的唯一来源就是我自身，除了我自身之外，再无其他世界。此刻，我不仅感受不到我的真实，还眷念着我之外的人世的虚荣。我的悲哀如天边的残阳，黯然铺陈。我发现，虚荣的外袍已深深嵌入肌肤，与我的肉身融为一体。人心多故，清平者寡。我终将和绝大多数人一样，泥泞于一世的虚荣。

　　我注定也是一个天生的受害者。我的一生毫无例外地也会被意义所绑架，为虚荣所挟持。

　　然而，我可以嘲笑我的荒诞，又怎能嘲笑自己的虚荣？我此生的依凭不就是虚荣吗？我对于荒诞的反击不就是来自虚荣吗？我对于虚无的否定不就来自虚荣吗？我对自己半生的虚构不是已经证明了虚荣的价值？我愿意承认，在我灵魂的四壁上，未曾摘取一直悬挂的，就是我视若瑰宝的虚荣。我每日匍匐在它的光芒之下，须臾不离。

　　我把自己的美颜照发到了朋友圈。在源源不断的点赞中，我眉开眼笑，心花怒放，并以此毫无羞耻地开启了下半生的虚荣之旅。可以想见，我将会以何种悲戚在繁华落尽的暮年盘点我一世的虚荣。

2021年10月5日

# 理解一个字或词

理解一个字或词很难，理解一个人很难，理解这个世界很难——在我所陈述的语境中，这三个句子可以互为论点和论据，形成一组逻辑关系。

我当然不是想根据以上判断，来证明一个生活的真理。我早已无奈地发现，只要你稍稍深入一点，深刻一点，对生活任何的演绎与归纳，其结论多半让人心灰意冷。好像不是人在注解生活，而是生活在解释人。佩索阿早已告诉了我们真相：奴役是生活的唯一法律。

还是回到我要说的字与词，这被世人日渐冷待的言语。语词曾经完美地承载和记述了人全部的经验和现实。人的神性一半付诸行动，一半归于语言，即便行动最后也交由语言讲述与展示。及至今日，现实与虚拟世界纷纷扰扰，求竞成俗。人们仅凭鹦鹉语、标签词和表情包，就足以在这个世界奔走形势之途，指点无限江山。风成化习，汉字昧然。我从它们普遍的被闲置被曲解被践踏中，看到了语言的困境，进而窥探到人的困境。

此刻我手上的《徐霞客游记》可作为一例。这本书我已是三读，从中发现，仅仅关于各种山坡的描述，就有十多个不同的字词，古人对自然的深切感知和精准、生动的语言及物能力，令我汗颜。今天，面对大好河山，我们常常目瞪口呆，不知如何说起，只好把感叹与赞美一律交给图片与视频。每一部手机都是一面魔镜，它推开和驱离语言，直接用技术抓取人与自然的片面，美化包装之后，推送至一个虚幻的空间，供人沾沾自喜。

人是语言的动物。对汉字的普遍疏离，表情达意的贫乏与枯燥，展示了人精神世界的日益荒芜。人与人以及人与世界不断增多的面面相觑、误解与怨仇，很多时候是因为我们对语言的闲置、冷漠、无从把握，以至于事到临头无从说起，说起也嗫嗫嚅嚅，如鸡同鸭讲，歧义丛生。

比如当我们说到"爱"时，不仅仅是爱情或者关爱，还有原谅不可原谅的，它指向的是宽容与慈悲；比如"望"，它既是对梦想与希望的翘首以待，还有无望时心存盼望，绝望中心存感激；比如"信"，除了信心与信任，还要信难以置信的，它的终极处是我们孜孜以求的信仰。

还有我们经常提及的思想。你不能简单地将思想划等于某个理论或者某个想法。思与思维有关，想则进入欲望。思本身，同时也是出离具体想法的过程。挣脱了想法的思，与忘记了起因的笑一样，都是生活额外的悄然赏赐。

还有生活冷不丁就赐予我们的伤心与悲哀，它们是两种不同的东西。伤心属于情感，悲哀属于理智。伤心是投入，悲哀是抽身。伤心是痛苦的泪水，是哀；悲哀是哀而不伤，是平静的出神……

语言就是如此这般赋予人与生活魅力和意义。我们对语言的感情有多深，对生活的洞察就有多深。理解一个字或词，你就可能最大限度地理解你自己，以及他者的情感。误解一个字或词，你就可能误解你身处的世界，于自在之围筑起更多隔膜的藩篱。

我早已发现，对语言保持真诚，主动亲近，最大的受益者是我自己。语言阐释自我并以此证明自我的存在，而自我是我们与现实打交道的唯一发生点。自我一假，一切皆假。我们能在这个虚无的世间跟跟跄跄地坚持走下去，多是因为那些生命中最珍视的话语，一直在前方提灯朗照，引导与鼓舞我们疲惫的灵魂。

我的沮丧在于，多少言词疏离于我贫乏的思想之外，它们身上承载的这个世界的精微与繁复，瑰丽与恢宏，我所知寥寥。就像此刻天边的火烧云，那么热烈与绚烂，除了深深的沉醉，我找不到一个贴切的词语或句子，来描述它是如何照亮了一个眺望者眼中的泪水。我在人世间所能触摸到的一切，不过都是生活的表象。我对那么多的字词都不了解，我对我自己也不了解，对这个世界更不了解。

我能理解什么？我本身就是一个病句。人是一个病句。草树纷披，烟霞散乱，各现其意。

2021年10月7日

## 受 累 于 爱

  除了给我自己,我希望把我的爱送给世上每一个人,尽管没有几个人会在乎我的爱。在这样一个时代,我的希望与失望都如深渊。常常的,我心底的呼喊会有一种试图冲破胸腔的冲动,但是,到嘴唇边已变成沉默的嗫嚅。和许多人一样,我差不多已失去了爱的勇气,连同看见真实与相信真实的能力。我在生活的驯服之中驯服得太久,在麻木之中麻木得太久,以至于无论是在疫情、战争还是其他不幸中受难的人们网上呈现的感情、生活、情绪与故事,我的指尖都能在手机屏上轻飘飘地滑过,像一片已失去灵魂的落叶,坠地的整个过程一声不响。我曾经以为此生会受累于自己的爱,其实并没有。我并没有付出多少真正的爱,没有与这个世界同病相怜。我怀疑我对这个世界已经没有爱了。"苦难没有认清,爱也没有学成。"里尔克的这句诗或将成为我一生的宿命。

2022年4月26日

## 秋天终归会来的

秋天终归会来的，白露时我就说过，秋分时我也说过。今天是寒露，秋天还在远方。但秋天终归会来的，昨夜一场久违的雨水再次回应了我的期许。

这场雨在夜半时分接淅而来，急切地敲打窗玻璃，把我从宿醉中惊醒。我瑟缩起身，无神无力，如风烛残年。我在黑暗中找到我的眼睛和手，找到窗子，慢慢推开。雨兴奋地溅落在我干渴的唇边，像酒。凉风随后拂窗而来，告诉深醺的人，一个多月的闷热终于消散。我忽然想把这个惊喜告诉所有熟睡的人们，提醒所有累夜运转的空调，但是醉意沉沉，我很快就失去了心灵。重新躺倒在床上。意识再次混沌前的一刹那，我感觉自己像一片湿淋淋的黄叶，仓皇地落在一汪积水中。

这只是一场雨水带来的降温，最多算秋天来临前的一个铺垫。这不是秋天，没有什么好可惜的，我有足够的耐心面对季节的姗姗来迟。夏末漫长，又一个节日跟着一个节日，让许多事情变得繁杂混乱。作为一个部门负责人，我必须细心梳理每一件事情，叮嘱与每件事情相关的每一个人，这是我一以贯之的品格。我把每一天都当作是最后一天，每个季节都当作最后一个季节，凡升起必没落，凡出生必逝去，它们本身如此，对于人与岁月而言，从来就没有什么来日方长。我的认真只不过是对每一日、每个季节消逝之我的祭奠。时光于旧日无增，较今日徒减，在我转身之前，我将把一切尽力安顿好，转身之后再不想念。

从昨夜到今日黄昏，雨细细复疏疏。它们在一切可见之物上浮漾湿湿的流光，弹奏泠泠的声响，我聆听到了除喜悦和愤怒之外的一切情感。这应该是秋声的先声，无激昂，也无肃杀，只是冷雨落来，冷风吹来，像慵懒的法朵，不寒凉，也不温暖，有一拨无一拨的旋律有一颗无一颗地滴在窗外的阔叶和窗内人的心间。

夜色正幽悄。在秋天没有到来之前，我已感觉到些许宋玉悲凉。

2021年10月8日

## 在一场骤雨旁沉睡

醒来的那一刻,我的脑海一片空白。这是一次奇妙的苏醒,意识里竟然没有任何余绪纠缠。骤雨依然未歇。我看了看时间,一个半小时。这一个半小时我睡在玻璃墙外的骤雨旁,恍惚度过半生。

我是多么喜欢雨啊,即便持续三日为霖。其中的缘由或许是我在雨天出生,或许是我乳名中有一"雨"字,也可能自小生活在湖边,亲历了太多的雨亦奇,由此心领神会,雨来相契。撇开这些附会之见,最大的可能还是,上苍赐予了我与生俱来的莫名的忧郁。这忧郁如雨,让我对尘世一直保持着一种零雨其蒙的疏离与怅惘,甚至难以言说的痛感。不用说人生颠沛,即便是烟云连绵人欣欣、嘉木繁阴人坦坦,喜悦之后也常心生悲戚。这种无端愁绪让我年少时自卑而敏感,不承想,而立之年后却引以为平生意趣。赞美诗的作者说:"至深者呼唤至深者。"罗洛·梅把这句话解析为:一个人越深刻地挖掘他自己的体验,他的反应和成果就会越具独创性。这也许是一种意外的收获:对一切人的零度接近与对一切物的深度触摸,都让我心灵疲惫,有时甚至充满痛感,这种感觉令我对此生常怀绝望,却又充满好奇。

有一物让人一以贯之地欢喜，当属天赐。我把雨作为吝啬的上苍给予我的难得的恩典。此生常望无非云霓之望。它来时，我会如垤中之鹳，长鸣而喜，日常的无聊与干枯瞬间雨以润之。我会即时放下一切，原谅一切，就像我此时原谅了楼上持续的敲打、院子里垃圾车刺耳的响铃、对面阳台上大段大声的粤语版争吵、某处一个男孩夸张的呼叫……这被雨水淋漓过的众声此时都新翠可听，它们的此起彼伏就像一曲清平乐。

我就这么被一件不可挽留之物征服。它此时的如倾如注，于我却如切如磋，如琢如磨。我从书房中搬来躺椅，径直在一场骤雨旁睡去，之后又在它的喧哗中醒来，此间酣然无梦。在这种久违的舒爽中，我最大的自得还在于逃离的窃喜。是的，在这场滂沱大雨的掩护下，我在这一个半小时彻底逃离，逃离了时间无时不至的盯梢，生活无所不在的对峙与僵局。在这一生的片刻，我不仅乘机修补了我灵魂的一些创痛，而且实现了对自我的全部占有。想想老子所说的"骤雨不终日"，想想能在这不终日的骤雨之旁偷享片刻清梦，据我为己有，想想都陶醉。

突然产生了一个强烈的冲动：就在这骤雨旁，给远方写一封信，谈谈何为良好生活。

2021年10月10日

## 首如飞蓬

前两日水天相接,这两日终风且暴,天意之难测令人瞠目如是。如果要我给一个比拟,前两日的雨恰如一伤心女子的号啕大哭,这两日的风又如一失魂男子的捶胸顿足。上苍或许也有上苍的不如意——如果相信万物有情,我对上苍的此番理解就既不是投射,也不是猜测。在人的意识之外,一定有什么难过的事情不断在发生。作为人类,我第一次对老天产生了怜悯。

才先我对雨的形容只是一种形容,我爱者一何可爱,雨怎么会"号啕大哭"?我要说的是这从早到晚的"终风",这曾经在《诗经》里既急且暴,令人"寤言不寐,愿言则怀"的"终风"。此刻,我走在元宝山公园的碧道上,衣衫鼓荡,首如飞蓬,形容一片潦草,一天的齐整荡然无

存。时间不晚，公园却无他人，好像所有的他人在我之前已被风带走，今天本该消失的已经提前消失。我与所见之物一起在风中摇摆，自恃无凭。我的轻如鸿毛此刻不再是一种抽象表达，我的沉重肉身、半生所积的无知以及对这个世界挥之不去的忧虑，在一瞬间都被风卷走。一同卷走的还有无数相似的悲哀：我何曾逃离过哪怕一次命运的席卷。两耳风号。我意识到我还存在，但仅存意识本身。我感觉自己未等到黑夜降临就可能失去一切。

跟跟跄跄行至公园的长廊。在此背风处，我终于找到惊魂未定的自己。眼前的花草藤木皆无定形，它们紧紧抱住大地，死活不肯离去，像极了我曾在许多个深夜做过的那些岌岌可危的噩梦，挣扎中醒来后，惶惶然无处告诉。不远处的万达广场双子楼似乎也随着一切摇晃在摇晃。这两座承载着城市虚荣的高楼以及高楼里的人们，应该不会听到一个在风中凌乱的人，此时为他们认真而可笑的杞人之忧。风尽己之变，随物赋形，在这座城市急舞狂飙。它一定带走了它该带走的东西，但并不包括我的任何东西。我的沉重、无知与忧虑依然清醒。除了一点细微的遗憾，我并不在乎。我的首如飞蓬只是暴露了这一切在风中逃脱的愿望与可能，但它们终究无法逃脱，这我早已知道。这些东西一部分属我独有，绝大多数与世人雷同。人朝着死亡走去时，独有之物雷同之物所有随身之物都将随风消逝。宿命在身，无须怨怼与着急。在此之前，我将在这个世界上继续重如泰山。

日暮已暮。我走进风中，像一个凉风大饱的塑料袋，勇气十足地翻卷在回家的路上。

2021年10月12日

# 悲 风

一进办公室，就听见风在窗隙间尖厉地鸣咽，像有万般哀怨，候在窗前等着说给我听。秋天来了，这是先期抵达的秋声。

这声音似从远古奔涌而来，惆怅百结，幽怨凄苦，很快就将我的困倦吹落为沙发上深深的慵懒。我不想打开电脑，不想重复每天的重复，无意义已将我在这逼仄的空间里围困太久。这里空气稀薄。我任由自己的意识挤出窗隙，被狂飙卷走。我随疾风穿过一个千里之遥的风洞，豁然处，等着我的依旧是一场在梦境中出现过千百回的凄风苦雨。几十年来，我一直努力向远方奔走，另一个我却坚持回溯，他的行程风雨无休，一路多是悲伤。是不是每一个漂泊者的灵魂深处，一直都有这样一场凄风苦雨在飘洒？是不是即便后来人生浏亮，或者像我此时有一个温暖的沙发凭靠，只要冷风袭来，也会在恍然间情不自禁地走进那场旧时风雨？那些漫卷过我和许多行客的冷冷的风，后来，它们都吹向了哪里？那些人都走向了哪里？我此时又在哪里？这些感觉与忧伤总会在某个不确定的时刻袭上心头，让意识短暂地迷乱。

绵绵的悲风将我的一日之晨彻底吹冷，我最后的余温全部用来倾听窗外的漫天行吟。这风声听久了心苦，我索性把窗子拉开了一些。风如同终蒙召见的冤屈之人，一头扑倒在我怀里大哭，并猛烈扑打，我全身瞬间为之冰凉。风的呼号是如此无节制，无休止，我几乎想拉它坐下来，执手细听它的前世今生，却又望之不见，触之不及。

秋风之悲能断人肠，我赶紧关上了窗。它固执地趴在窗外，固执地向我讲述某个伤心的故事，某场可怕的灾难。我望着远处的高楼，看见风在城市的每一扇门前，每一个窗前激情拍打，大放悲声。每一扇门和窗都无一例外地肃然紧闭，将它们拒之于外。天地之间，到处是无家可归的风，无路可走的风，无处躲藏的风，无人收留的风……

突然想起古往今来多少关于秋声的诗词歌赋，总是说清秋多可悲，望归鸿无觅处，问慷慨向谁诉，叹人生将槁木。无论秋声淅沥以萧飒，还是奔腾而澎湃，临风只语人的伤怀、离愁、孤愤与衰朽，悲人之悲，有谁体会过秋风的哀泫，有过悲风之悲？是的，从来只有披风之爽，却少见悲风之悲。在吟唱不绝的秋声中，人与风相互凉薄。

窗外，元宝山公园森林狂舞。风在万绿之上飙举电至，急急追寻着什么，又似在惶惶奔逃，它令人神惊骨骇的高呼低吟盖过了人间一切悲怆的交响。这个自由的、无所不在的、放荡不羁的家伙在逃避什么？呼号什么？这个在天地之间无迹可求的家伙，在追求什么？

草木阴虫，皆有秋声，皆是悲声。

2021年10月16日

## 恰恰无牙用

我张开嘴,三张清秀的脸一起凑过来。第一次这么多人围观我的口腔,我的嘴巴略有点羞涩。再张大一点,医生叫道。诊断意见很快给出:牙齿磨耗比较严重,由此产生的脱敏症状暂无治本之策。这一刻我很沮丧。这个诊断意味着不仅冷热酸甜的东西,还有一切坚硬甚至稍硬之物,今后我将越发难以启齿。医生一边宽慰我,一边罕有地陪我走到治疗室门口,这是半个世纪以来,我在医院首次享受此种待遇。我为我的牙齿得到这份临终式的关怀心生不安。

"想当年,牙如铁,生嚼蹄筋不用切;现如今,光吃豆腐和猪血。"这句生动形象的顺口溜并非单纯的戏谑,它和另一句与生殖器官有关的对仗之语一起,描摹出人无可奈何的痛感与失落,如今由我来体会与传诵。抚今追昔,可与光阴对泣!

作为人体中的最坚硬之物,我的牙齿在对日子的咀嚼中悄悄衰落至此,这种悄悄,让我有点匪夷所思。肉体之中,还有什么在我的感觉之外悄悄发生,奔向速朽?往后叹流年时,鬓白目昏齿脱可一起凭吊。

牙齿的如此这般,意味着我对许多的美味开始了潜在的告别，许多美好的感觉和美好的存在一样，在我的餐桌上将日渐消失。"恰恰用心时，恰恰无心用"，禅家的开悟将在我这里变成生活的实证：恰恰用牙时，恰恰无牙用。在余生的一日三餐中，我不可避免的迷瞪，将使筷子处于尴尬的境地。投箸无门时，它会悄悄地在空中画出更多的顿号、省略号，或者直接成为主人手里的感叹号，最后干脆躺平在觥筹交错的夜宴中，徒羡别人杯盘狼藉。

美味、美色、美景……世间一切美的东西，时间都在与我们争夺，最后的赢家当然归属时间。人对美的拥有是有时限的。陆陆续续的，无可奈何的，我们将失去对各种美触摸和感知的能力与机会，就连美的记忆，亦似红日欲颓。上苍赐予人的所有，包括人本身，一丝一毫它都会带走，带走的确定性时间在你第一次看到自己的白发，第一次发现遮不掉的皱纹，第一次做任何事都有心无力之时，已悄然开启。我必须承认，牙齿的衰落只是我走向根本性衰落的一个里程碑。人生游历至此，"游客止步"的牌子将在更多的时候、更多的地方映入眼帘。我能想到，哪怕是晓风残月、老树枯藤，我对所有美的事物将从此更生眷念与敬畏。

中午，我在食堂点了三份菜，除了例牌的蔬菜，还有豆腐和排骨。于我的牙齿而言，豆腐是份保障，排骨则是份安慰。我打量着它们，如同打量生死。举箸之前，我首先端起了那碗颜色黑暗的老火汤。

2021年10月14日

## 一部女人的纪录片

如果我来拍一部关于她的纪录片，如果纪录片时长是三十分钟，前面五分钟我会一直定格在她那张清纯而甜美的笑脸上。

她总是在笑。辫子舞着笑，眉梢挂着笑，眼睛含着笑，嘴角溢着笑，她的笑从脸上顺着青春的身体一路波流，最后在手上激起一朵朵快乐的浪花。无论是切肉还是砍排骨，她的手都笑得清脆而轻盈。

那时她还是育德市场一个卖猪肉的年轻姑娘。她的笑就像那时的育德市场的人流一样多，货品一样丰富，生意一样畅旺。

那是八年前的事了。后来有几年没看见她。后来听说她结婚了。

再在市场上看见她是2019年春天，她已经变成了一个少妇。我从另一个少妇的档口重新切换到她的档口买肉，但是只见到了人，却没见到笑容。她的笑就像一口满满的小河塘，在一夜之间全部流失。她变得有点魔魔怔怔，无心无力，砍出来的排骨大一块小一块，切出来的肉薄一片厚一片。她的手也不笑了。她似一枝突然失去水分的花朵，蔫蔫地插在一个冷冷清清的档口。

如果我来拍一部关于她的纪录片，如果纪录片时长是三十分

钟，后面五分钟我会一直定格在她如今这张萧索的脸上。她的萧索就像现在育德市场的萧条。越来越多的人去网上、超市买菜，市场已慢慢变得萧条。

如今，我极少去育德市场买菜，去了也极少光顾她的肉档。这个世界在飞快地旋转，人像一个个孤独的原子，在流变与狂奔中更加疏离。人生太匆忙，我找不到奔向她肉档的理由。偶尔我会再去一下育德市场，主要是眷顾一个老档口上好的猪血，其他的挑挑拣拣更多是对旧日时光的反刍。

如果我来拍一部关于她的纪录片，如果纪录片时长是三十分钟，中间的二十分钟，也许我会全部用上黑场。

2021年11月19日

# 万物既伟大又渺小

　　无论是在现实生活还是艺术世界，就我之陋见寡闻，至今没有发现一种理想的生活。直到我在英剧《万物既伟大又渺小》中，看到了这个清新友善的世界：清新的乡村，清新的草木花、鱼虫鸟、猪马羊，清新的男人和女人，清新的人际关系，清新的哭与笑、爱与嗔、怨与恨。是的，就连怨与恨都清澈见底，一望即知，一笑便了；就连羞于启齿的欲望，都值得铭记与珍藏。还

有，在一些清新的早晨和黄昏，和亲密的爱人坐在屋顶之上，一起远望祖先留下的清新的牧场、牧场上清新的牛羊，说一些仅仅关乎眼前这个清新世界的一点理想。在这方世界里，人和万物一起自由生长，平静而快乐地感受生活的负累与满足、自己的伟大与渺小——可惜，这不是我的世界。我在我的世界里只感受到了自身的沉重与微渺，见多不怪的庸常与俗套，以及没完没了的、不可说破的群体性假装。我对清新世界的幻想，以及因之永不可能为我所有而发的这点牢骚，想必有梦想的人都能理解，毕竟即使是一头猪，也有厌糠糟而慕米面的时候。当然，猪是绝不会去思考伟大或者渺小的。

2021年10月20日

## 宁 静

昨晚夜投罗浮山一民宿。山深林茂，婆娑迷人眼，导航也几度噤声。人与车，两茫然。最后按图索骥，终于觅到山里人家。下得车来，听市声邈若皇古，看头顶星辰可摘，人在此山中，林深不知处，自谓已不复在人间矣。

清晨早起。上到楼顶看身在何处。但见四面八方奔来汪洋之绿，人骨面为之一清。原来民宿躲在这万绿丛中。附近民舍皆腰藏翠林，仅露自家屋顶抬头四望，告诉天地人，我在这里。秋风自远山奔跃而来，掀起绿浪千重，一时波汹涛涌，龙啸凤吟，冷风绿意直扑身面，人杳然生翼，几欲随之飞腾而去。观览片刻，胸中半生尘俗已被洗濯一空。

于是在一背风向阳处坐定，听天籁自鸣。近处，众鸟吟翠，鸭鹅戏塘，禽鸟互答，天然成韵。远处更远处，鸡鸣犬吠，欢然各处，又不知在何处。加之秋声摇碧，乡音喁语，山林之中千声万响，宽闲者可听竟日。

一个人坐拥万顷碧绿，独享寂静之声，无事可做，也无事可想，宴息清旷，何其美好。坐在阳光里，我像一个风尘仆仆的旅人，终于抵达屋宇下的宁静。此时才意识到，这个世界对我的视觉、听觉和其他所有的感觉伤害有多深，骨子里一直被无视的慵懒有多深。我如同一本永远开不完的收据，被命运撕扯了半生，其间究竟支出了多少？收获了多少？往事历历在目，茫然不知所解。生活几曾干脆地给过人什么答案？许多的谜底都留待物是人非之后才会残酷揭晓。

  院子里，一棵高与楼齐的古玉兰树安静似我，繁密的树叶却在风中不停雀跃与疾走，排练一场不告而别的群舞。这一静一动，如同我一生的为难：心似待栖之木，身如不系之舟。从一开始，生活就把我推入虚妄之境，让我于汲汲之中情愿领受苦痛，努力找寻其间的意义。直至最后，它才向我揭示一个极其简单的真相：你真正需要的，只不过是一份此刻的安宁。

  同属自然之子，关于自由的歌唱与翱翔，人永远无法企及一只飞鸟。除了无尽的匍匐，就是片刻的仰望，这是人之大不幸。想想，仅仅两只啁啾的黄鹂，一行颉颃的白鹭，就飞鸣出一首流传千年的绝句。此刻，这首诗就在我眼前生动书写。它除了带给我悠然与遐观，还有证悟：两个黄鹂鸣翠柳，不知所云；一行白鹭上青天，不知所往。不知所云与不知所往，这难道不是我与无数的人们在某个时候抬头的一刹那，心底无端泛起的哀愁？

2021年12月6日

## 最是妄人好画符

日落黄昏。天际七八笔淡墨，三五处轻岚，一片湿润气氛，如董源淡扫的一幅山水。披图幽对，造物主随意的画像布色，都引人深思。我站在元宝山顶，眺望神光离合、阴阳变态，趣远之心久久难收。

我柔弱的心性提醒我，最好不要长时间地凝望天空。天宇中千变万化，动心骇目，不可久视，低下头来，整个世界都会变得恍惚。除非你心如止水，任日月自照，风云自卷，一个人想纤尘不染地面对世界，比登天还难。比这更难的则是心平气和地面对自己，因为，我们每日意念中升腾的幻象，较之于天空的姿彩更加纷呈，更令人不知所措。妄想一开启，就无法收拾。当我开口吐出"我"字后欲言且止，我想、我要、我在、我去、我能等各种情态动词和欲望淋漓的形容词已奔涌而来，紧跟其后的是我无休止的好奇与跃跃欲试。没有神明的指点，一个人怎么能认定哪种生活是他最想要的生活？他只能做个妄人，自己给自己画出命运的符咒，剩下的交给天定。就这样，一个人被自己的符箓所迷惑，并在其诱导下东奔西走，最后莫名其妙地成为今天的某某某。

像今天这样的黄昏,少年时我应该正在长湖边放牛,青年时在荆楚大地的城乡行走,而此时,我却漫步在离乡千里的这座城市的公园里。我一次随意起兴的符咒,就将自己抛掷于此处而不是别处,并且一盘桓就是十八年。我和我的人生纯粹是一次偶然的即兴之作。

我是一个妄人,那一个个奔有所向的"我"就是我画的符咒。我每日都在为明天擘画各种意义,时至今日,没有一次祥瑞降临以证明我的先见之明。我之所获皆为意外,我之所失皆成定理。我不断在画符,为种种昨日死和种种明日生不断画符,许多的今天就此庭院深深,珠帘寂寂。我一直把今天定位为对昨天的修正和明天的铺垫,而昨日永远成昨日,明天永远在明天,我没有把一份希望留给今天。如今我已醒悟,真正绞死当下的,是对

过去的悔恨和对未来的恐惧这两条毒蛇。斯宾诺莎把恐惧与希望并列，他说恐惧是一种不确定的痛苦，希望是一种不确定的快乐。既然恐惧和希望都不确定，人为何要为这不确定的明天涂画出可笑的符箓，最后变成对自己的嘲讽与诅咒？

可以预见，往后余生，我不可能有机会做一个浪漫主义者，甚至于理想主义者，我只能做一个现实主义者。我已确定自己奈何不了这个世界，打造不出自己的乌托邦，看空是活下去的唯一选择。把世界看空和把自己看空将成为我的英雄主义。

休谟说，从太阳前天升起昨天升起今天升起不能必然推断它明天也会升起。我不想再思考类似的推断，不想关心太阳明天是否会升起，太阳升不升起自有其道理。随缘饮啄，更复何为。是该告别成为一个妄人了，是该停笔画符了。天地有明示，万法无所有，不确定本身就是人命定的画符。

2021年10月21日

## 偶像的黄昏

今天,一名华裔钢琴家在第18届肖邦国际钢琴比赛中摘得桂冠;今天,一名同样曾在这项国际顶尖赛事中摘得桂冠的钢琴家因涉嫌嫖娼被行拘。两个钢琴家在同一日的升起与坠落,几乎可以直接拿来作为一篇小说的开头与结尾。

这也是我较少看国产影视剧的重要原因之一。我很早就沮丧地发现,生活比艺术更跌宕起伏、更不可思议,任何的加工、演绎与升华都属效颦。只要你睁开眼,就可以在现实中围观到各种荒诞不经匪夷所思扑朔迷离。各种类型片子你都能在生活中直接观摩，它们为你提供了各种意想不到的开头、过程与结局。与之相对应的是，群体短暂的狂欢与快速的一哄而散。人不能长久沮丧，就像不能长久失语，否则，假以时日，他会发现自己对这个世界已无从说起。至于我，对生活敏感的心理阈值与兴奋的生理阈值均已被拉升到无限高，现实的无意义由此蔓延到无限远。

钢琴家人设坍塌，人们在嬉笑怒骂，争相践踏。这也是平常故事之一种。大众总是这样，以狂热之情去建构偶像，一旦发现偶像在道德上出现些许瑕疵，又马上一哄而上去拼命踩踏。他们用掌声为偶像喝彩，又用口水将偶像掩埋，这个过程对他们而言是如此快意，不仅可以通过批判偶像的不道德将自己积压的不道德释放和宽解，又能让自己庸常人生的幸福在显赫者精彩人生的粉碎中，得到一次显著证明。

上帝和圣人以不同方式告别人间后，人们把完美道德楷模的重任托付给了尘世中勇敢的脱颖者：偶像。围绕着他们的一个闭环式的逻辑是这样的：世人可以什么都不要，但永远需要一个偶像，一个随时可以供奉与膜拜的寄托，好像无此则不能立心、立身、立命。如果这个寄托落空，他们会恼羞成怒，毫不犹疑地将偶像彻底粉碎。一个偶像有多高的价值，就有多高的风险，因为他处心积虑的装扮，随时都可能剥落。时间觊觎着一切，对出类拔萃者觊觎的更多。偶像和围绕着他的人们都容易遗忘，偶像也是人，他的归途也是黄昏。

人啊，为什么如此热衷于成为偶像，他们难道看不到一个人的自我神话几乎等同于飞蛾扑火？看不到他成神成王之日，就是摇摇欲坠之时？一个渴望万众瞩目与膜拜的人，只有极小概率会成为万千人的太阳，大多数将被万千人的目光烧成灰烬。"真理和神性一样，是永不肯让我们直接识知的，我们只能在反光、譬喻、象征里面观照它。"歌德的这番提醒指出了人在神面前的禁忌：仿佛都不可能，成为已是僭越。尽管如此，每个时代都会不断有偶像脱颖而出，簇拥在他们身旁的，不是崇拜者，就是随时准备对僭越者提起脚的践踏者。

在所有的杀戮中，道德斩人最为轻便。人这种东西是不是潜藏着一种深不见底的弑人心理？

比一个音乐天才坠落更深一层的痛惜是，每每在这种不幸发生后，键盘侠的整体性、集体性堕落。一人之小丑、小恶，引诱出千万人之大丑、大恶。看那气象，何等狰狞。

我从网上喧嚣的言语狂欢中抽离出来，点开钢琴家当年的比赛视频。他的决赛曲目是《肖邦e小调钢琴协奏曲》第二乐章，浪漫的旋律与梦幻般的诗意从他的指尖瞬间流遍我的全身，其中的万千心思与万般柔情令人愉悦而感伤。乔治·斯坦纳说："音乐是最高的、真正的艺术，语言只是音乐的前奏和仆人。"当语词无法满足言说，感觉就抵达了自己的极限处，这个极限就是音乐。音乐永远不会堕落，哪怕弹奏它的人不幸堕落，就如同语言无论如何被粗鄙与浅薄野蛮践踏，它本身的神光永远存在一样。此时，作为语言与音乐的深情追慕者，我感到十分羞愧：对于一个天才艺术家的堕落和他引发的话语狂欢，我竟然只能叹息于书斋，隐身于音乐，保持一个旁观者惯有的沉默。

2021年10月21日

## 完整的生活

从一场梦中醒来，正是午夜时分。窗外飒飒秋风，翻然到枕。这风既劲且哀，几乎要将我残留的梦境掠走。我赶紧蜷缩到被子里，努力用余绪拽住刚才梦里戛然而止的最后那个片段，生怕它如长烟一空。我希望自己尽快睡去，在未完待续的梦中接着过完这一夜的生活。

醒来就是为了活着，活着就是为了再一次苏醒，这几乎是一个本能性的生命常识。如果再深刻一点，我们可以说白天是存在的理由与证明，而夜晚是一个人的消沉和隐没，是为次日醒来所做的一个必要的潜伏。至于夜晚的梦境，这无意识的游荡，可以基本忽略。它是一种存在，却是一种另类的存在，一种无知无欲的存在，一种不是生活着的存在。它更像是不死者对死亡夜复一夜的演习，谈不上解脱什么，也不可能因此重生。

某一天，我从一个长长的离奇的游历之梦中醒来，既兴奋又伤感。这个梦是从故乡的长湖开始的。我坐着一条船去到了一些熟悉和不熟悉的地方，见到了一些熟悉和不熟悉的人，甚至过世多年的父亲母亲也出现在我的旅程中，我大声呼喊他们，但怎么也喊不出声来，然后我哭起来，梦也在一条大河的惊涛骇浪中结束。醒来后,我在黑夜中摸了摸额头,手和额头麻木而生疏,我有一种强烈的他身之感。刚才所见之场景、人物与对话,分明是我在亲身经历,那么这段梦寐,并非我的不知不觉,只是我换了一种行为方式,在另一个时空中亲历另外的生活?就在那么一瞬间,我好像窥探到自己人生的隐秘:在每一个昭昭白日之后,我又坐上梦的不系之舟,开始了另外一段日常的生活。

用另一种生活替代眼前的生活,或者经历更多异样的生活,这不是我一直所渴盼的吗?从庸常的白日中挣脱与出走,像蒲公英的种子一样满心欢喜地被风带走,被临近的小溪与河流带到更远的小溪与河流,在遥远的陌生的原野与堤岸开出花朵,长成另一株草本植物,我白日的梦想在梦中变成现实。一个人的觉醒常常是瞬时的,我醍醐灌顶般的醒悟在这梦醒时分豁然显现:梦境

并非一个无用的混沌，它其实是一个人完整生活的重要一部分。我不能确定它的虚幻，同样也不能否定它的真实，我感知到我的存在，它就是一种存在。只不过，我在梦境中的一切所见所知，一直被我的潜意识极力蒙蔽和阻止，令它秘不示人，甚至秘不示己。白天也许向我展示了我这一生的可能性，但我可能的无限性却被自己在暮夜宿息中自动屏蔽。

时光的列车已经带我飞驰半生，我穿越过的无数隧道般的黑夜，大都被我简单省略。我只记住了许多的白天，甚至于许多的白天我也不再记得。想想那么多为了白日的事功而不吝挤占的夜晚，那么多的不眠之夜对梦的蛮横剥夺，我叹息于自己的生活是多么残缺。那些被我忘记的梦、丢失的梦，犹如秋日的花落，黯然委地，不可拾掇。生命历程中那些连绵的黑场，让我每次在对过往的回望中，充满惊惧。

白天是我的疆场，我用无聊与空虚这两把利剑为一切无用的东西在搏杀。如果要证明我未曾虚度，一场大梦更像我活着的事实。

2021年10月27日

## 演员都准备好了吗

提前10分钟进场,能容纳300人的影厅就我一个人。

走进去时,我像是走进了一个封闭的大盒子。落座时,我就坐在盒子里。

安静得可怕。有种突然要发生什么的不祥之感。像某部电影中的情节,一个循规蹈矩的普通人,鬼使神差地闯入某个即将发生重大灾难的中心,无辜地成为悲剧的主角。我只是一个生活的配角,在这个激情燃烧的年代,主要的戏份除了协助走场,就是围观和鼓掌。这不是我的时代,也从来没有什么我的时代。我对人生有所觊觎,但不多,这不多之中从不包含成为某场戏的主角。接下来会发生什么?我小恐惴惴。

我坐在8排9号,这是影厅的中心位置。这是一个主角的位置。我向四周望了望,其他299个座位上空无一人,但又有299双眼睛在列队成行目不旁瞬地凝视着我。这种死寂般的凝视令人悚然。我在僵尸片中已见得太多,当一群僵尸疯狂地扑向一个血肉丰满的有机体前的一刹那,就是这种恐怖的凝视。我赶紧喝了一口喜茶,把注意力转向前方。巨幅银幕面无表情。在昏暗的灯光下,这幅巨大、冷峻、苍白的面孔,也在默然之中凝视着我。

它冷静地等待着观摩我的命运在一场即将开启的悲剧中被完全改写。

　　这无处不在的凝视，让我的灵魂有些颤抖。我向来认为，影院是一个逃脱世俗纠缠的"避秦之地"，怎么会想到，恐惧与焦虑也悄然潜伏在这里。这种恐惧与焦虑是来自封闭的空间对我的逼视，还是作为这种情绪宿主的我，在此间浑然不觉的自我投射？我有点恍惚，怀疑自己被压抑在一个如影相随的梦魇之中。

　　"演员都准备好了吗……"每次电影启幕前的这句广告词突然炸响。活色生香的广告和前后陆续入座的几对情侣，让封闭的影厅瞬时生动而开敞。那些梦魇般的感觉顿然全消。我如释重负，喝了一大口喜茶，重新回归到一个观众的身份。

　　"梦是来自内心深处的信息。"电影一开始，出现了这句台词。

2021年10月28日

## 飘 落

理发师在我头上大刀阔斧地修剪。眼见一头白雪在风中纷纷扬扬地飘落,心头不禁泛起屈子之吟唱:目眇眇兮愁予,袅袅兮秋风,洞庭波兮木叶下。一个人的秋之光景赫然在目,嗟叹亦不能述其悲凉。

理发的过程中,我多次打量一地未及清扫的头发。它们长

短、粗细、色泽不一、杂乱、零碎，如人之纷繁心思——剪不断理还乱的烦恼丝。理发师自然是一份高尚的职业，他们像园丁，一生不停地为世人修剪刈除头顶的疯长和心底的烦恼，帮人从一段荒芜、沉重的日子中脱身出来，再一身轻松地从头开始。我用脚尖轻轻摩挲着地面，摩挲着一地枯燥的、落寞的、忧伤的、麻木的心思，这被人们斩断的发丝窸窣有声，每一根向我传递的都是不安与疼痛。像窗外那些不断飘落的黄叶，留给人的只有关于凋零与死亡的冥想，它们本身再也没有任何感觉。

　　黄叶与白发的纷纷飘落在我眼前构成了一组对比极为强烈的审美意象，令落发者为之震撼。在这飘落之中，我看到了时间不容万物片刻停歇的催促。没有什么优容，生命如发丝，如黄叶，一直在看得见和看不见的时光中飘落。理发师不会知道，他热心为之服务的顾客因为此时的物我相照，无端陷入"树犹如此，人何以堪"的沮丧。

　　一个人走进理发店，仅仅只是为了美吗？当他走出理发店时，仅仅感觉到了美吗？

　　是的，如果用心留意，时间是看得见的，人每日增长的发梢可丈量其短长。如果不去否认，烦恼也是看得见的，昨夜与你的新愁暗恨一起滋生的，在枕间陪你辗转反侧的，就是它。造物者用心良苦，人所有精神的负累，都会以具象的方式给予指点与暗示：或者失眠，或者病痛，或者哭泣，或者白发滋生得不知不觉。然而，几茎白发总会让人有意无意地忽略。向老而生的人，立于镜前，有几人在心底真正愿意承认自己越来越老？不急，每个月的某一天，人们会在走进理发店的那一刻罄露心迹。他们将通过理发、美发或者美容，偷偷完成一次对时间的抵抗、对衰老的挣扎。岂知红颜讵几，玉貌须臾，一切皆是徒然。

衰老和死亡一样，开始是人的心病，最后变成归宿。在它还是心病时，人多以欲望为之疗伤。生老病死，欲望为大。毫不奇怪，对这种荒诞之举，我和人们一样，亦视之为生命的哲学。就如此时，当我许多的白发被理发师修剪得剩之无几，我感觉自己再次年轻，再次重生，欲望再次浮现，心底再次念诵起东坡的"黄鸡之曲"。

昨晚看《007：无暇赴死》，感叹丹泽尔·克雷格老了，拉尔夫·费因斯老了。两位昔日的大帅哥头发稀疏，顶间如滩涂。英雄黄昏，美人迟暮，风华绝代终不抵时光荏苒。这一次，导演让日暮途穷的邦德葬身火海，一个不死的传奇终于陨落。这或许是最好的安排：007也是会老的，007也是会死的。

我当然知道，地球人都知道，007是永远不会死的。关于这一点，上帝和电影公司的老板甚至都不用召开新闻发布会，进行澄清与说明。

在足够离奇的幻觉中，人是可以不会老、不会死的。

2021年10月30日

## 绝　望

　　生活就是你不希望如此却又不得不如此的痛苦挣扎。一个喜欢思考的人，比起那些只晓得刷抖音和抽烟的人，在厕所输出废物时，更有可能获得生活的启示以及有关释放的哲学。第一句话就是我今日在厕所中悟得。这句话的完整表述是这样的：生活就是你不希望如此却又不得不如此的痛苦挣扎，就像一个内急之人不幸走进一个臭气熏天的厕所，本想屏住呼吸尽快完事走人，无奈英雄气短儿女尿长，最后忍无可忍憋不可憋，不得不在绝望之中大吸几口。

2022年3月20日

## 人去楼空处

人去楼空处，只堪凭吊。置身于城中这个名为启明里的华侨古村落，仰望处，摩挲处，徘徊处，所有的凝视与倾听都指向虚无。

何为昨天？何为从前？走在里巷之间，时间斑驳的足迹，前人积虑的心思，处处都在呈现与告诉。对于眼前鳞次栉比的民

居，我并不惊叹它历史的久远、风格的中西交融、技艺的古典多元，只有对消逝的凭吊。无论走到哪条小巷，哪户门前，我似乎都能听到有东西在说话：长长短短的小巷在说话，巷子里的风在说话；紧闭的趟栊门在说话，门上的几重铁锁与小孔在说话；灰雕下点亮的窗户在说话，窗户后面无人的房间在说话；房间里的五彩玻璃屏风在说话，屏风旁的西式美人卧榻在说话……

没有什么在说话。没有任何说出之物。我所面对的是凝固的缄默，是一个和一群永远不再说话的人的陈迹，是他们向后人展示生命从有到无的一个建筑标本，一座另类的纪念碑。这里散落着一些故事，一些也许是也许不是属于他们的故事，只是我们自以为是的他们的故事。早已离去的人，离去时就把他们的思想、回忆与梦一并带走了。时间只留下废墟与传说。

在这里，到处是空空荡荡的安静和想象。这样的地方落不得淅淅沥沥的夜雨，落雨时的小巷不宜点亮一排排灯盏，灯影下不宜走过穿旗袍打花伞的女子，女子经过谁家门前时，里间不宜飘来周璇的歌吟红线女的"红腔"……二楼或者三楼圆弧形的窗楣下，探不得后生仔的头出来，不然跟着会有声音喊：衰仔，唔好伸个头出外面望到入晒神至得㗎，因住淋湿头啊……这些启明里的日常，这些已经遥远的事，可堪追忆的事，都像是一分钟前的事，一转眼的事。王家卫电影里的色调与节奏，疏离与沉默，都是这里曾经有过的事。

俯仰之间，皆为陈迹。从每一户深厅高门走出来，都像是从荒凉的废墟中走出来，从某个故事的结尾处走出来。我想象着那些一去不复返的人，也想象着我自己一去不复返的人生。我走在他们留下的废墟中,看见属于我的废墟也矗立在岁月的深处,上面也挂满累累成串的红橙色的炮仗花。过去、眼前与将来联结于此,也聚焦于我,物是人非,只堪伤情凭吊。

我越来越少地把存在看作是一种当下。一切皆为过去之物。正在发生和已经发生的事情一样,话音未落,已被时间圈点尘封。我们身后之一切,就如同眼前这些空荡荡的房子,除了证明飘荡过烟火,有人存在过、路过与摩挲过,就剩下后人到此一游的凭吊,然后不断被凭吊者言说、加工、发酵,酿造出新的故事。

人是与生俱来的陈迹之物,我们曾经的成长与后来的衰败毋庸置疑地说明了这一点。我们是过去之物、无用之物、流逝之物,这是我一切悲哀的始终,也是在每个黄昏我见证我的结果。

西日欲昏。回望深巷,又见一拨拨凭吊者自远而来,缓缓地走进启明里,走向我……

2022年3月16日

## 恍 惚

　　哪一个用来拖客厅,哪一个用来拖卧室,哪一个用来拖厨房,仅仅使用两周之后,我就对三个新买的拖把开始混淆不清。每次置身其前,脑神经都会短路,拖把们对眼前这个中年男人按捺不住的讥诮与叹息几欲可闻。

　　这种老年痴呆般的症状在我身上的呈现不是偶尔:比如把从阳台收进来的衣服抱进书房;打鸡蛋时把蛋黄蛋清打进垃圾桶,蛋壳却放进碗里;饭后收拾碗筷径直端进卫生间……恍惚——生活中多次出现的这种迷糊,导致自我意识的指向失之茫然。我仿佛戴上一副模糊的眼镜,视野所及,许多人与物的影像在我眼里开始虚焦。那些真实的虚假,让我的观感不断走向恍惚。

　　人通过行动来生活,行动自然是听命于意识。如若意识泥陷,人当何为?恍惚,是不是人在某些时期或某个时日必定要面对的一个陷阱?

　　忧从中来。不过一个反常的现象却令这忧愁断绝:生活中那些平日被掩映的、疏忽的真实,在我眼里突然变得眉目清明。这是一种本真的回归与复苏吗?晚上洗脸时,想起白天经过楼下的树篱时,望着夫人伸手笑拈桂花嗅的样子,竟然罕见地脸红起来。

对出现的恍惚我没打算去看医生。我知道这种症状其来有自，它只是我从现实的主阵地开始撤离时出现的一阵眩晕，或者说在认清生活的许多真相与真理后，一种正常的精神呕吐。一个人从强大的虚幻中奋力挣脱出来，从漫长的不真实中奋力挣脱出来，他的眩晕与呕吐是正常的。这种感觉就像我第一次坐海盗船，原以为它会带我迎风展翅做逍遥游，过程与结果却生不如死，最后连呼喊的气力都已丧失。

世界只是一个幻想，人用概念和词语组成自以为是的现实。在这个虚拟现实中，真实与不真实一体两面，它的旋转让我们越来越恍惚，越来越恍惚眼前不断出现的各类制造与解释：制造现实，再解释现实；制造爱情，再解释爱情；制造欢腾，再解释欢腾；制造幸福，再解释幸福……以此类推，以至无尽。一束束烟花在夜空缤纷绽放，我当然会惊叹，惊叹之余又会怀疑，这是不是这座城市展露的新的虚荣？然后很快豁然：虚荣本来就是城市与人最显著的品格，其次才是烟花散尽后的冷漠。

我把生活的不真实慢慢推向远景。距离产生恍惚，还有恰如其分的焦虑。这种生活设置是对厌倦的一种主动性的淡出。我在世界面前退后两步，在人面前退后三步，转身走向自身幸存的真实，走向思，走向海德格尔劝导世人本该正视与思及的东西。这个东西是什么？是昨日公园里那个莫名其妙地感动我的黄昏，还是菲茨杰拉德也曾怀恋过的消逝的四月的时光？夜气清凉如水。我静卧在书房的躺椅上，在沉沉黑夜里陷入另外一种更深沉、更遥远的恍惚。

2021年11月2日

## 渴 望

天气晴好，无风。

无风也起三尺浪。某个部门的一个通知和其他几则相关消息及谣言，引发人们对某件事的无端猜疑，与之相关的亢奋、忧虑、恐惧等情绪驳杂喧嚣于网上网下。"我们所害怕的，正是我们所渴望的"，克尔凯郭尔这句对人性的洞察之言，此时将语句前后置换后其义自见：我们所渴望的，正是我们所害怕的。在承平日久的生活中待腻了的人们，总渴望发生点什么，打破这死寂的安稳；却又害怕发生什么，打破这安稳的死寂，自己无端跟着遭殃。首鼠两端的心思不敢告人又常常如沉渣泛起，人的焦虑无时不在，无事不在。

除却生活的必需，我不渴望发生什么，尤其不渴望巨变。奇峰突起的人生并不一定值得欢呼，因为壁临其后的很可能就是无底的深渊。作为一个弱小者，诡谲的风云与跌宕的波浪并非我所愿见。观览古今中外的历史，所有的巨变以及与巨变相关的承诺，都带着摧毁什么、践踏什么和失去什么的巨大风险。除了罪恶，我惊惧于一切一去不复返。从这一点考虑，我愿意做一个坚定的保守主义者。我信服历史的劝导：在任何不确定的时代，确定,哪怕是寡淡无味、微不足道的确定,也是命运给予人最好的恩赐。

我真的不渴望发生什么吗?不,没有多少人会愿意在一个一成不变的实体世界里度日如年。除了恐惧和胆怯于糟糕的历史巨变带来的无常生死与莫测祸端,我对生活充满太多的憧憬。一个长期龟缩在生活洞穴里的人,怎么会不渴望成为旷野上的一匹骏马或者一头狮子,去快意地奔驰与酣畅地绝杀?只不过,很多时候,我们用可以明示和羞于启齿的各种理由,锁住了自己的灵魂,以至于生命中那么多的渴望,最后都沦为想象。

确定的生活是安逸的,但也包藏着屈辱,屈辱于太多的确定与安逸,太多的束手无策与无能为力。许多人最让人唏嘘的坚持,就是忍辱偷生,一辈子坐在自己的屋檐下,把可能实现的梦想全都穿越成神话。

我渴望什么呢?这个严肃的问题一抛出,我发现自己正是那个坐在屋檐下的空想主义者。我实际拥有的比起我所渴望拥有的是如此之少,以至于当我摊开紧握的双手,看见的只是半生荒芜。

2021年11月2日

## 仰望是件偶然的事情

两只鸟儿在黄花风铃木的枝头交谈，声音的嘤嘤啭啭几乎稀释了街上汽车的轰鸣。从它们的雀跃和彼此间热烈的应和中，我判定，这个清晨它们是愉快的。

果真如此吗？人类常以自然的解读者自居，喜欢把从事物中感受到的东西当作事物本身，以为花鸟虫鱼自来亲人，用一个语词就能触摸到它们的灵魂。比如我此时，通过啁啾之声就断言两只鸟儿的快乐，事实上，我自己都无法确定此时自己是快乐还是不快乐。

我坐在不远处的车中注视着这对快乐的小鸟。同样在注视它们的还有坐在树下椅子上的老人和小孩。祖孙二人面带悦色，偶尔安静地互动两句，然后继续仰望树梢。这个场景让我一时迷惑：究竟是两个人在围观谈论树上的两只鸟，还是两只鸟在围观谈论树下的两个人？抑或这场对话本来就是在树下树上的人鸟之间进行？我无法确定什么，只是觉得此情此景多美好，美好得忘记了周围的一切。在清晨的这一片刻，我恍惚回到童年，体会到孩提时代面对一藤野花、一垄稻谷、一湾河水、一阵风时相同的真切感受。半生辗转之后，我唯一不曾怀疑的是，如果这个世界确非虚幻，我确定不是五蕴和合之我，所有摩挲过的真实只有童年面对的真实才是最可靠的真实。此刻，童年不属于记忆，它就在此时、现在、眼前。生活的虚饰太多，真实离人太远，此时、现在、眼前却触手可及。

少顷，两只鸟儿戛然而去，祖孙二人也牵着手慢慢离开。眼前，风起花落的景象在每棵树下依旧寂然发生。突然想起自己已好长时间没有看手机，赶紧从副驾驶位上一把抓在手里。这个动作也确证我对世俗的牵挂已深入骨髓，再无可能逃离掌中之物的奴役。

在人类因为手机普遍低下头的今天，仰望是一件多么偶然的事情。

2021年8月21日

# 轻　浮

　　良夜候着我，风候着我与这良夜。一踏进风里，人就被拂酥。走了几步，好像在御风而行。飘飘然飘过发展大道，离元宝山公园一步之遥时，已经有种被这清凉的晚风活活爽死的感觉。这是一种极少有过的异质感：灵魂好似被吹走，肉身被风给吹化。我几乎要丧失对身体的信任。我想顺势躺下来，在这良夜之中幕天席地，不管不顾地大睡一场，大梦一场。睡眠对一个睡眠

不好的人来说，是一件多么紧迫的事情。灵魂回不回归是灵魂的事，它反正经常不在，飘向哪里就是哪里。我们这一生，幽幽暗暗，跌跌撞撞，要给灵魂找一个永久的安顿，要么是一个妄想，要么是一个奇迹。灵与肉各自为战，精神与世俗的疆场总是南辕北辙。在硝烟散尽的黄昏，归来的人少见载欣载奔，他们或者丢盔弃甲，或者丧魂落魄，看不到一个完好无损的人。

广场舞的曲子突然响起，人如梦初醒。我轻飘飘地飘进公园的深处，飘到一张长椅上坐下来，吹风，看月亮。月似一眉，浅黛色的流云拂过，是谁在淡扫。我有种从未有过的轻浮之感——如果没猜错，这应该就是吉田兼好"以无罪之身观赏流放地的月亮"的感觉吧。我是如此的无我，以至于当我突然觉察到这一点的刹那，因为感受不到往日的沉重而产生一种莫名的惶恐。

2021年11月4日

## 牧　者

　　以单位为中心，我日常生活的半径不会超出两公里，在这个距离之外都可以称得上是离开或者远足。

　　我是我的牧者。十八年来，在这两公里的范围内，我平淡无奇地完成了时间所允许的自我喂养。人生的无聊从我的存在之处开始蔓延，再如春草更行更远还生，所以，两公里范围之外的多，对我来说，基本略等于无。那些广阔而雷同的无聊，还是留给他人供养，我自己的已经足够。再说，在这个无远弗届的互联网时代，鼠标的轻敲与指尖的滑动就可以让人抵达世界的每一个现场，千山万水近在眼前，这对一个懒惰者或者囊中羞涩的人来说，无疑是个极大的宽慰。声称对世界七大洲都没有兴趣的佩索阿如果生逢今时，也许不会满足于只游历自己的第八大洲。

　　然而，真正的牧者是无羁的神思者，他怎么会俯首听命于上苍随便给人圈定的一个局促的园囿，让思想之骥成日嚼食无味的料草？灵魂不是用来飞翔的吗？

　　如果有人在元宝山公园经常看到一个中年男人面带微笑，脸色无端潮红，那应该就是我，准确地说是作为牧者的我。那时刻，我正被我放牧到另一个场景丰茂的地方。至于我为什么会去那个地方，我自己也不知道。

我在哪里呢？可能正随骠骑将军霍去病征战漠北，横扫匈奴王庭，封狼居胥，饮马贝加尔湖；可能正披挂主力前锋在世界杯上攻城拔寨，一扫国足落后挨打之绵绵耻辱；可能正和杰克船长驾驶珍珠号行驶在17世纪大西洋的惊涛骇浪中，寻找海神波塞冬的三叉戟，因为拥有它就能拥有统治整个海洋的力量；可能成为简·奥斯汀笔下的男主，正在庄园里和一群淑女眉目传情，跳踢踏舞；也可能成为最新的007，在中东某个国家上演谍影重重……总之，我正沉浸在一个激动人心的故事或历史场景中。

几乎每天，我都会成为一个传奇人物，这个"人物"涵盖了帝王、明星、诗人、间谍、侠客等所有命运跌宕起伏的人设。如果擦肩而过的散步者瞥见了我的微笑，那极有可能是一个海盗的微笑。我给每一天的每一个我编织精彩的故事，并且当仁不让成为故事的主角。每次演绎完五十分钟左右的故事新编后，走进家门，我都有种王者归来的感觉。

这个世界曾经发生和正在发生无数的可能，无数的故事。比较而言，一个人一生只能实现一种最多几种可能，而错失无数种可能，无数的故事。我怎么能轻易放弃参与或见证那么多精彩纷呈的可能呢？我以一种沉默的言说方式，天马行空地叙述我的种种可能，虚构我的种种传奇。作为一个小人物，我半生累积的卑微、遗憾，在元宝山公园被逐日清空，我每天都在不为人知地超越自己的平庸。

还有，关于我活着、衰老以及对遥遥在望的死亡的焦虑，大多在这些离奇的幻想中得以缓解、稀释和逃离。从这个意义上说，公园的千米绿道就是我的救赎之道。每一个黄昏，都是我挣脱束缚的良辰。

  一个人要真正体验自己的存在，就必须挣脱存在之局限。诗歌、戏剧、科学以及人类文明的其他精彩表现，都是因为人认识到自身的局限而创造的。一个卑微者如果无力在生活中写出他的故事，想象也是一种可能。只要美好，自我欺骗也是美好的。作为自己的牧者，我把我的疆域伸展到辽阔的时空。几乎每一天，我不断地在无边无际中展开，又不停地从澄明之境中归来。

2021年11月6日

# 思 想 者

　　昨日立冬。北京的冬天，一个歌手抱着吉他，在大雪纷飞的户外弹唱着另一个遥远的冬天。人们在网上围观，一起怀念那个冬天里的青春与爱情。

　　冬天是北方的事情。南方今天虽然气温陡降十多摄氏度，依然只是秋杪的冷凉。

　　我依然走进了公园，赴旷野之约。城市中是没有旷野的，如果寻其仿佛只有公园。好像只有去到那些无蔽无序的空旷处，我的思想才能流动起来，感受到生命鲜活的热气。公园于是被我形而上地悬置为我的旷野。

　　这样阴郁的日暮，黄昏与黑夜几乎同时降临。公园里只有两三个人。眨眼间，孤影已从路灯下飘过。他们大概是梦游者，在旷野中失去了神的指引，找不到今生的所以。那盏在纷飞的黄叶中静默的路灯，则像是一个被世界抛弃了的人。

　　路灯身材修长，低头凝视着大地。因为白色光源之故，这是一种清澈的凝视。这种修长与清澈，还有旁若无人的凝思，让人想起"岩岩若孤松之独立"的嵇叔夜。

　　夜之旷野，到处是商声秋语。声音借丛林、树梢、窍木与篱墙，借我的口齿和耳际，不停地在奔走喧啸，万窍怒号。这个芦苇般的思想者，以凝固的姿态，端立夜色之中，它对凌厉的秋声置若罔闻。这种对一切的漠视与冷待，让整个世界陷入无边的虚无。思想者在虚无中当庭而立，我则像一个欲推欲敲的不速之客，在它的柴门前去留两徘徊。

　　黄叶飘落，冷风吹拂。在思想者的头顶，今晚金星合月。宇宙间的一切，已然之迹昭昭，运化万变可寻，只有这个深秋的思想者，其所思所想，无迹可求。它似乎没有兴趣也没有打算与任何人或物进行交流互动，包括久久驻足于冷风之中的我。作为一名旁观者，我只看到了它清澈透明的凝视，还有脚下的满地黄叶堆积。我无法确定那些在秋风中飞舞的黄叶是否就是它给这个世界的答案，或者给我的暗示，我只能确定在我们之间，凋零是一个事实。

　　我也是这个秋夜的思想者。我的思如无处不在的风，无处不在的落叶，无处不在的宇宙。我的思之纷乱在黑夜中同样清晰可见。但显而易见的是，我与眼前这位思想者之间悬隔如山海：我之所思都是有，它之所思当是无。

2021年11月8日

# 一 人 如 海

一个离不开世俗生活又喜欢孤独的人，最好安居在一个陌生的城市，万人如海一身藏，在无人识君处做个隐士，这样既可以完善他的美德，又可以成全他的自尊。

所以我来到南方，在江门这座举目无亲的城市萧然高寄，书写一个孤独者的生存秘籍。生活可以做证：我在J小区出入十九年，与所居楼栋里的大多数人至今只是点头之交，楼上楼下之人姓甚名谁，我一概不知也从未想过去知。余者更是见面也不识。这确保除了单位与家之外，我与这个城市始终保持着一种陌生的熟悉或者说熟悉的陌生。

天知道我有多享受这种感觉：喜欢一座城市，又与它保持着适当的距离。如同暗自欣赏一个人，又与他（她）全然无关。我只想做这个城市的旁观者，它的变化只是它的变化，它的欢乐也只是它的欢乐，我不会漠然视之，也没有什么特别的理由为之雀跃。我的深情只留给旧土旧邦。作为一个生命的旅行者，我所经任何一处都如逆旅之于过客，所见之一切的意义也仅仅止于所见。刻意去阐释或拔高生活的意义，并不能使我们超越日常的困境。生命中多数的惊喜，大都在独处时悄然发生。

走在一个陌生而熟悉的城市，我最喜欢那种擦肩而过：有所事事的、无所事事的与一条街道、一个花园、一群人、一个人，擦肩而过。与一个人擦肩而过和与一棵树、一阵风擦肩而过是同一种感觉，就是没有感觉。这是生活在陌生的人群中最快意的体验：尽情看，随意听，偶尔和人说起。不用总是考虑说起，也就谈不上为难言语。语言是一种困境。语言的困境就是交流的困境。如果没有交流，人是不是会少一些不安？一个人真正需要的现实世界是多么小，打开自己，小也无极。我在自适的行走中，静心享受一种海德格尔所说的"寂静的轰鸣"。

善于独处的人在清静中待久了，会拥有异于常人的洞察力，这真的是一件不幸的事情。有时当我轻易地将眼前的某个人看穿，虽然会产生一丝恶毒的快感，但余绪多是惊愕与悲哀。人心如暗室晦夜，多少类象，多少埋伏，仅仅想起就令人惊悚。"我十有八九的欲言又止在日后想来都庆幸，而绝大多数的敞开心扉都在事后追悔。"德卡先生的信箱里投递着我相同的心思。这世间有多少繁华，造化有多少淫巧，舌间有多少莲花怒放，我愿意站在一边，全部让位给世人去追逐与展示。

因此之故，我与这座城市的人的距离，比城市本身的距离，更远一米。我越来越不在乎外在的理解。如同佩索阿所说，祈求被理解相当于"自我卖淫"。人心之远如山重水复，了解都难，理解更像是情感与智识的委曲求全，灵魂无可奈何的唯唯诺诺。

整个人于是最大限度地放松下来，最大限度地把自己交还给自己，把自己丢给白天与黑夜自然的交接与梳理。每日所经之处，事物的本质会在我眼里浮现与寂灭。明亮的，阴暗的，多姿多彩的，或者抽象的，感性的，可触摸不可触摸的——所有的存在，都与我相同，都只是彼此眼中视觉暂留般的涌出。在日复一日的擦肩而过中，我们相互看到了，离开了，并不存在也不可能存在什么深刻的理解。即便心动了。

我是一个多么克制的人，不忍心对一切路过的人与事形成打扰，即便有时心头泛起依恋与悲伤。

我是一篇潦草的文章，行止无端，多凭兴起。丝丝入扣的起承转合向来是作家们对生活的虚构，高潮迭起更是影视编剧刻意杜撰的噱头，我努力不让这些虚构与幻想蔓延到生活中，变成吞噬自我的执念。世间从来就没有一种行云流水般的生活。我确定我一生的自述既不需要什么中心思想，也不必主题先行，迎奉坊郭款曲。一个人的昭昭天命不应仅仅只是按照世俗的标准交一份满意的答卷，更不是照搬与抄袭某种人生模式。生而为人，他不应把自己当作一棵白菜作价处理，尽管最终的结局一样是烂掉。尽管作为一个天生的破产者，人一生挣扎所得，到头来都会失去。一个人既然来到世间走一遭，如果不是一个误会，总归有他的使命吧？总不能赤裸裸地活着吧？在宿命般的世界里，他必须冲撞，或者挣脱，在生活逼仄的缝隙间向时间展露自己动人的微笑。

我一生的使命更像是挣脱一种迷惑。我常常迷惑于自己在干什么，在想什么。我在迷惑中确定了自己一生的行文风格：总是形散，偶尔神聚。这也使得我写下的所有文字读来更像是一种含混不清的喃喃自语。

室外传来婴儿长长的啼哭声。我从窗口望下去，楼下的那个年轻人正不知所措地哄着新生的婴儿。身边还站在一个小女孩。这个年轻人自小就和父母住在这儿。他是如何长大的？什么时候结的婚？又什么时候生的一孩与二孩？我全然不知。

"鸡犬之声相闻，老死不相往来"——我竟然在一个大湾区的城市里活得如此沉着与古朴，想想都不可思议。

2021年11月12日

## 虚荣是生活的必需

且不说被崇拜、被敬仰、被迷恋,仅仅是被注视,就足以支撑起一个低眉顺眼的人突然间高步阔视的虚荣。多么缥缈,人这点洞幽烛远的虚荣,如果被同样在意眷顾的神看在眼里,也会充满不解与疑惑。

这有什么可置喙的呢,虚荣难道不是人生活的必需?一个女子在出门前,不厌其烦地妆点修饰,描之摹之,容之美之,临了"照花前后镜,花面交相映"。当她光彩照人地出现在大街上,难道不应该从那些注目与回头中尽情采摘一日之虚荣?何谓良好生活,人各有解,说到深处,无非是或多或少的顾盼自赏。

我对于一切虚荣都保持宽容与理解。人这团欲望千变万化,一切在人身上发生的变化与故事都无须讶异。丧己于物,失性于俗,我们都是庄子眼中的"倒置之民"。众生游弋在物质的汪洋中,扑打出一些虚荣的水花算得了什么。譬如官得五斗便露傲睨之态,腰有十文便振衣作响,乃人性使然,古来如此。至于由虚荣引发招致的人生挫辱与踬踣,已不关虚荣矣。

普天之下,有几人不爱慕虚荣?我们的早出晚归、呕心沥血,我们的996和007,我们的追名逐利、求富祈贵,甚至于我们的巧笑倩兮、美目盼兮，不都是为了虏获一生一世或一时一刻的虚荣？很多人或许都有这种经历，对于一个自己很在意的人，哪怕是来自他（她）口是心非、漫不经心的夸赞与谬奖，也会兴奋得全身发抖。虚荣的满足，是人对生活的实质性打捞与现实的精准捕获：政治家的虚荣首先是权力，然后才是功业；军事家的虚荣不是征伐而是军功章；官吏的虚荣来自他的头衔；一名屠夫的虚荣在于他的满面油光；一个饱食者的虚荣在于他嘴里咬着的那根牙签。

我的虚荣又是什么？我以为自己会在这些文字当中积攒一点可怜的虚荣，却常常心生沮丧：这些毫无价值与意义的倾吐，最适合去的地方也许是垃圾回收箱。它们的存在只是显现了我灵魂的杂乱无章，生命的不知如何是好。它们没有也无力表达什么，传递什么，证明什么，更不用说启发什么。它们于己无助，于世无补。我在那些深夜里对人间世的深情打捞，只不过是一个高烧者的谵妄、一个无病呻吟者的矫情，比起南柯一梦，更引人垂怜与发笑。依照常理，这种感觉会让人抑郁甚至绝望，幽默的是，我竟然在这种挫败的虚荣之旅中找到了另一种虚荣：对自己的无所谓。反正这半生，我已把老天爷交代的事情大抵完成。功德圆满是菩萨的事情，一个勤勉的凡人在认清生活的真相后，不圆满也可以成为他的功德与骄傲。就这样，一个感觉主义者把他虚荣的坐标，悬置到一个比元宝山更高的高度（元宝山海拔应该不超过30米）。

虚荣是生活的必需。不仅仅是人，我几乎看见了天地之间万事万物对虚荣的渴求。绽放难道不是花朵的虚荣，出岫难道不是云朵的虚荣,人这种千姿百态的生物难道不是上帝的虚荣。万物其来有自,万物的丰富与美好皆有其本怀或别调。

如果虚荣是生活的必需,我这一生,还要追求多少的虚荣?

2021年11月21日

## 紊 乱

　　坐在街角的咖啡屋外，意识转瞬就被奔腾不息的市声所淹没。发展大道和丰乐路交会处的车流与人流，永远驰而不息，它们和其他的各种杂沓，一起构成一幅紊乱的图景。这种紊乱与我此刻纷乱的心思何其相似，以至让我产生了一种心心相印的荒诞之感。

　　一个渴望平静的人选择一个不平静的地方坐下来，这是不是意味着他并不想从紊乱中马上抽离？甚至根本无惧于紊乱的纠缠与束缚？那些奔竞的车与人呢，他们向指日可待的死亡和屈指可数的意义永不止歇地奔竞，飞蛾扑火般地向虚无与无意义奔竞，他们究竟想要什么？要去哪里？这些问题平添了我内心的紊乱与悲哀。我的目光落在身边木槽里的一盆千日红上。花开艳丽，亮人眼眸。有那么一瞬，它甚至消弭了眼前的嘈杂。偏偏心念又起：它怎么可能会有千日红？

　　这个世界，关心则乱，一如我此刻对眼前的打量，徒增自扰。我们内心的城池弱不禁风，不说风吹雨打，城外一片天光云影的徘徊，都会让我们因为身边的大呼小叫而急急慌慌地跟着城门大开。那些大大小小、没完没了的诱惑，在招徕面前无休无止的奔竞，让我们一直心神不宁地处于持久的紊乱之中，以至于珍贵之物得来时，如同"火中取栗"，事后想起都暗自庆幸。

世人有教：不乱于心，不困于情；不畏将来，不念过往。这既是明哲之言，也是鸡汤一碗。没有一碗心灵鸡汤能真正解渴，他人说出的话再打动人心，也是他人的感受。真正解渴的"鸡汤"只有自己的汗水与心血。一个在暗夜里独自饮泣过的人，才能真正品出生活的酸辛，才会明了从来就没有什么平静的生活。人在路上，这路上，不说时命的乖谬与天道的无常，仅仅是世人抛掷给我们的耳语，就已危机四伏。

努力从紊乱中走向清明与和谐，这是我执着半生的误区。天覆地载，尘世间有无数的网，细微又张大，我如何走得出？我如此刻意于和谐，却不知均衡即死亡，而自然丰富的色彩恰恰得益于它的紊乱多变。恰恰是我与这个世界无休止地交错、纠缠与撞击，以及因之产生的疼痛与伤口，才证明了我之为我的存在。"乱"中求生，这不是我们一生的写照是什么？

冬日暖暾的阳光落在我的杯中，落在眼前所有的车、人和正在过马路的那条狗身上。万物闪耀着光泽，这让置身于紊乱中的一切看上去都在微笑。这一切未必有意，但自然动人。

想想我这么一个单薄的人，在纷乱的人间承载了多少紊乱的心思，此时还能在这个眩乱的街角漫不经心地端起一杯咖啡，顿然觉得，人生的无意义也充满光辉。

2021年11月14日

# 时间里的仇恨

人类以自己的行径创造了多少可怕的词语：侵略、屠戮、暴虐、凌辱、践踏……想想都让人不寒而栗。还有如幽灵般游荡的、一言难尽其由来的"仇恨"二字，让多少人活在怨怼与愤恨之中，一触及便心绪难平。

如果一个人、一个民族或一个国家曾经或正在被侵害与剥夺，仇恨的种子也将同时撒播于时间之壤。某个风雨过后的清晨，它们会在一些人的心中绽放出触目惊心的恶之花。如你所知，历史大多在仇恨中展开，每一个王朝的开篇与结尾几乎都是战火与杀戮，由是之故，史书亦可称得上是仇恨之书。敝国二十四史就不说了，吉本的《罗马帝国衰亡史》就是一部卷帙浩繁的仇恨史。放眼望去，历史的大地上，仇恨如烧不尽且吹又生的野火，在地上地下不断燔燃。至于多少欲望、仇恨假正义之名，以拳脚、刀枪甚至炮火相向于人群与大地，那是另一个令上苍都会掩面无语的沉重话题。

我长久的困惑在于，如果说到对人无情地、残忍地、不由分说地侵害与剥夺，不是时间吗？还有什么比时间更让我们恐惧，更应该让我们心生怨念，满怀仇恨？它不断瓦解我们不断积攒的意志,冷酷地让我们不断得到又失去,不容置疑地将我们的一生和一生所爱全部带走,最后只留下孤独、衰老、绝望陪伴我们,在来日无多的黄昏中伤感追忆,直至某一天,此生之一切都化为时间的灰烬。

可是又有谁怀恨于时间呢?这"永不消逝的永恒"(奥古斯丁语)如何能恨得?王子皇孙都有恨,恨不能"向天再借五百年";美人名将也有恨,恨"不许人间见白头",但这恨都不是时间之恨。王子皇孙之恨不在"时荏苒而不留",在荣华富贵转头空;美人之恨不在迟暮,在无人怜取眼前人;名将之恨不在长殇,在壮志未酬身先死。

在时间的流水中，人究竟倾倒、撒落了多少恨？今仇昨恨，家仇国恨，云愁雨恨，别情离恨……一生总是意难平，恨难消。人们究竟在恨什么？那些指向苍天、指向旷野的恨，那些在胸膛如烈火般燃烧的恨，究竟来自哪里？

我站在发展大道上，毫无来由地叩问路中间那一排指向苍穹的棕榈树——这无怨无恨之物。落日的余晖洒在英挺的树干和青翠的扇叶上，更显其清秀爽拔，卓尔不凡。时间是上苍赐给人类最仁慈也最残忍的礼物。仁慈在于人与万物被赋予生命与爱，残忍在于它同时用欲望将我们的心灵填满。这欲望有的有幸被人拿捏成了幸福，有的不幸被兑换成了怨与恨。人恨的不是时间，而是自己，是恨自己在与欲望的搏斗中被击倒，被瓦解；恨自己的得不到，还有关于某种幸福的不可能。

我亦有恨。我的恨不在时间里。我对时间和对这人间一样，没有任何仇恨，如果有，也只是恨"林花谢了春红，太匆匆"。我恨自己不能成为时间中的无时间者——这一我无法企及的永恒。我也不是恨我不能永恒，我怎么会有如此妄念呢？我只是恨自己非但不能在时间中经验更多美好的永恒，反而错失了那么多永恒的美好。

2021年11月16日

# 晒 命

作为一个开放的空间,阳台与住宅的封闭形成鲜明对照。它的存在除了实用方面的考虑,更多的是满足人的另一种追求与愿望:随时与天空与大地融为一体。天、地、人难舍难分。人类即使走进封闭的楼宇,潜意识里也希望留置于天地之间,这不仅仅是为了游目骋怀,"仰观宇宙之大,俯察品类之盛",还有重要一点,是希望能通过敞开中的张望,随时确定自己在这个世界的方位。也可以说,在内心深处,人总是担心失去自己在尘世间的位置,因为不确定感容易带来不安全感⋯⋯

我在阳台上一边晒命,一边胡思乱想。我旋即制止了自己的胡思乱想。我之晒命,并非为了阳光下的玄思,实则是因为最近熬夜伤神,以致神散而气虚,免疫力下降,鼻炎频频发作。今天阳光既明且暖,正好可借天地之气祛阴补阳,以完人形,以补憔悴。

杲杲秋日,热而不烈。十分钟左右,人已晒透,全身暖暖烘烘。我背对阳光,一边晒命,一边打量阳台上的物事:一盆生机勃勃的多肉,一盆半死不活的多肉,两个盛满阳光待花来栽的空花盆,三个懒洋洋的拖把,一台憨笨无语的洗衣机,夫人刚刚腌晒的两米箩碧玉般的莴笋条,以及其他一些小物件。这些不起眼的有用和无用之物与人一起，组成了生活的全部。生命的经验、质感与故事就沉淀在其间，普鲁斯特最理解这一点。羞愧的是，这些寻常、细碎之物一直在我的关注与思考之外，它们装点和服务于我的生活，我却极少像今天这样细心打量它们。

　　日近午时，阳光照我以赫赫。我的身体开始出汗，血上下热涌，堵塞的鼻子也一畅而通。我脱了外套。不久，单薄的衬衣在炙烤之下，也有灼身之感。我想是不是干脆将衬衣也脱了，赤膊上阵，把阳气彻底充满，把命彻底晒透。这一贪念即起即消。阳台与天地相连，准确地说是与周围楼宇里的目光相连，怎能轻易造次。念及于此，沮丧暗生：一个人只要活在人群中，他就是不自由的，哪怕在自家的阳台上。我在日光之下的这丝悲凉转眼被暴晒一空。

　　在晒命的过程中，有两件事引起过我的注意，我把它们也记录下来。第一件事：一位老人家在斜对面的楼下练功，练到劈叉这个动作时，可能没掌握好节奏与身体平衡，劈下去之后起不来，几个人跑上去帮他，也动弹不能。也许是闪了腰，也许是扯到蛋了。远观其不幸，沐日之人亦不禁为之蛋疼。

　　第二件事：一个小朋友先后三次跑来对面楼下呼喊小伙伴。粤语童声清脆好听。小伙伴的名字竟然叫梁启超。梁启超居然住在我对面。小朋友喊了三次梁启超，梁启超都没有反应。今天天气如此之好，如今又不允许补课，梁启超怕是和他爸爸妈妈去新开的儿童公园了。

2021年11月27日

# 人是需要修理的

人是需要修理的。这句话不是对人物化的表达或者对人尊严的轻慢,尽管人的日益物化与尊严的日益丧失是一个显而易见的事实。一周内,我接连两次走进医院接受"修理",先为牙齿,后为耳朵。两次随浩荡的看病人群挤进医院时,我都深感人之残破与悲苦。

有问题的车辆送进修理厂,有问题的人送进医院,一个人和一辆车的命运何其相似。至于进修理厂和医院之后,是小修、大修甚至直接报废,都是尽人事听天命。此时此刻,即便对一个人与病魔的抗争赋予伟大的意义,你我也心知肚明,于事无补。一个病人能安然无恙地从医院里走出来,继续保持肉体的健康与完整,才是他最大的福分,其他再隆重其事的褒赞,亦不过是"厚其祷巫"。

人终将衰败与腐朽——面对这个残酷事实,人的不屈服只不过是一种积极意义上的苟延残喘。从出生到死亡,人一路享受到的歌颂与赞美,只是人与人之间的相互打气。我们赞美一个人生得伟大,死得其所,不过是为了鼓舞更多的人在死神面前宁为玉碎,不为瓦全,成全一种自以为是的高贵,传颂一个永垂不朽的谎言。没有什么不朽，什么都会腐朽。博尔赫斯就不说"不朽"，他只说"挣扎向永恒"，他深知未来有太多不测的、不尽如人意的事会发生。

啊！有没有一个全知全能的神能晓谕我，疾病与死亡给予人的意义确实是有的，哪怕荒诞，我也会选择相信。我不奢望自己神明而寿，仅希望到头来无疾而终。然而，时到如今，半生已过，我没有听到证实过的只言片语。人道多端，求仙又至难，只得存亡任天，长短委命，忍无可忍时，戚戚然进医院接受修理。

还有，除了状况不断的肉身，我的灵魂在此世已沾满尘垢，思想混沌无边，不知其所，又当如何修理与洗濯？如果佛所说的解脱只有"灰身灭智，捐形绝虑"，那么跨过死亡的无底深渊之后的涅槃又有何意义？即使有无数次的轮回，人还不是一具布满创伤的肉身？如此这般，我又如何说服我的灵魂？我悲哀地发现，在我层层叠叠的书架上，竟然找不到一种哲学、一个神话甚至一句格言，来缓解我向死而生的忧虑。与此同时，我也不知道向谁表达我的不满与抗议。为了安度余生，我决定和人们一样，把自己的思想包装成对这个世界坚信不疑。关于存在与虚无，死到临头再说。

我抚摸着我的灵魂与肉体，抚摸这不完整的一生，充满自伤。我一直在寻找，哪怕给我一块回光之地，明哲以保身。然而，无论如何挣扎，在这个病态的世界里，我最需要的只是一份勇气，以定期和不定期地走进医院，完成对自己的修理。

2021年10月18日

# 月能移世界

夜读明人张大复《梅花草堂笔谈》。其中《月能移世界》一篇说，天下月色，可移万物。像假山秀石、泉水小溪、梵刹园亭、屋舍竹树等常见之物，"月照之则深，蒙之则净"。又说，月下看山河大地，景若有远古之遥；听狗吠松涛，声宛在岩谷之外。依他所见所感，月色是既有魅力，也有魔力的，白日之杯盘

狼藉，在月下看时都如琼筵，可发佳咏，可伸雅怀。

月之朗照能移世界，半因迷蒙半因皎洁。个中玄妙，有根器者可参而法之。譬如，在日光之下以月光之色看人，目如新月，怀如冰雪，则人情百态世间万物，尽可朗照。一言以蔽之，该远远之，该掩掩之，该隐隐之。人不必太纠缠，事不必太计较，除非肝胆相照者，生死以之者，人与物若即若离，若通若隔最好。相互不必看得太真切，太入骨，一真切入骨，种种不堪纤毫毕现，彼此之间都成折磨。

说月色可移万物，其实是人借月色移情万种。月光下只觉柔情太少，日光下最怕深情太多。

文中还有一隽语：人在月下，亦尝忘我之为我也。此言虽意象淡泊，悟而思之，亦可为冰鉴：忘我之为我，我在又不在；以皎洁之光照我，则我在；以迷蒙之色照我，则我不在。忘我之为我，不过是离我之我执。观人观己，应作如是观。

2021年11月30日

## 睡眠是对本能的伟大回归

半夜醒来。我在一场大醉中醒来。整个世界都还在醉梦之中,就我一个人醒来。我是夜的早产儿,是在梦神眼皮底下溜进人间的一个醉鬼。

醒来后我首先想到水。我的床头有一杯水。我的床头永远有一杯水。我几十年如一日唯一坚持的好习惯,就是在床头放一杯水。坚持放一杯水的原因是我的心脏不太好,我把这个"不太好"归咎于生活对我没完没了的逼迫与挤压。一段时间偶尔或者经常,我睡下后胸口会猝然抽紧,疼痛并且呼吸困难,无法安卧。只要赶紧坐起来连续喝几口水,然后做几次深呼吸,这个状况马上就能缓解。我一直用这个办法应对可能迫在眉睫的死亡,驱赶我对死亡的恐惧。这杯水是我对于明天早晨一定醒来的寄望。当然,它也可能成为一次死亡的见证。

十五年前,我把自己出版的第一本散文集取名为《苏醒就是为了活着》,这说明我很早就已意识到生死就在旦暮之间,我就躺在生与死之间。所以,无论在家里还是住酒店,我一直不忘每晚在触手可及的地方放一杯水。我不知道,类似这种徒劳的坚持人生中还有多少。相比于人们在向死而生的生命旅程中形形色色的各种抵抗，我知道，我多放了一杯水。

喝了几口水后，我努力回想刚才做的梦。这种醉意朦胧的回想宛如走在大雾中，到处都是影影绰绰的，看不清什么和什么。我终于看到了一个女人美丽的裸体。奇怪的是，我看不到这个胴体的面孔。对此，我没感到任何遗憾或讶异。这半生，我在无数的夜晚做了无数的梦，但没有一个留存下来。所有的梦和所有我已挥霍的人生一样，全无痕迹。也就是说，截至此时，我半生的梦境只暂存着一个并不知道是何许人的裸体。不朽的裸体。

夜从未有过的深沉。所有的人们像婴儿一般无知无欲地酣睡着，这是他们最接近人类史前时代的模样：尽管他们白天自命不凡，但永远无法抵抗与逃避一场睡眠。绝智弃辩，绝伪弃诈，绝巧弃利，人类不约而同地用夜复一夜的沉睡证明，最幸福的时刻还是原始蒙昧的时刻，还是没有偷吃智果的时刻，还是"万物云云，各复其根，各复其根而不知"（语出《庄子》）的时刻。是无所见无所思无所言的时刻。睡眠是一场人类对自己本能的伟大回归。在睡眠中，人最接近道，接近天堂。

醉意再次袭来。在其他人魂交梦寐时独自苏醒，这并不是我所希望的。我甚至对自己醒在一场辽阔的沉睡身边，感到一丝不安和恐惧。我的心又揪紧了。我赶紧喝了几口水，确定暂时推开了死亡的纠缠。美妙的胴体又在脑海浮现。这个旖旎的残梦如视觉暂留，对于生者来说，这份感觉无疑是弥足珍贵的。我微弱的意识挣扎着确定了这份虚荣后，在枕间瞬间泯灭。

2022年2月18日

# 我的独特之处

　　我的独特之处就是我没有任何独特之处,这已经是不证自明的事实。我早已放弃使用任何词语来描摹、修饰自己。在此之前,我和人们一起,把人间的赞美之词已引用得所剩无几。那些曾被我在自己和别人身上反复、过度使用过的形容词与副词(尤其是程度副词),我几乎能感受得到它们的无奈、痛苦与麻木,我为此前的毫无羞愧感到羞愧。

　　回想自己半生,坎坷实多。从一个名副其实的放牛娃到今天名不副实的高级记者,生活的暴击和锤炼不在少数,但这又有什么呢?无非是吃了点苦,无非是为了活着,好一点地活着。无非是沿着心之所向,在故乡与异乡之间有所造次与颠沛。一个人跨过了几条小溪,就把"劈波斩浪"之类的词语挂在嘴上,渲染平生,好似征服了几条江河,大言炎炎,何其谬哉。我和这个世界的许多人一样,很早就失去了一种来自灵魂谷底的体验:羞耻感。这份高贵的美德,如水流花谢,尽付阙如。

　　我是多么希望自己成为一个有故事的人啊。在一些传奇和神话中,在我所仰慕的古君子之侧,我梦想能有我的一锥之地,哪怕是做一个旁观者,或者一个微不足道的陪衬,也能证明我此生有片刻卓尔不凡的独特。譬如嵇康打铁，向秀鼓风，我在一旁捡枝拾柴，也听叔夜所奏之《广陵散》与《风入松》；东坡与友人张怀民夜游承天寺，我端茶侍立于中庭，也看天底下两闲人看月；张岱坐小舟至湖心亭看雪，我屈膝船尾，拥炉火温酒以待，也望陶庵老人所望之上下一白……类似这些美好之人和美好之事，在我的生活里永远不会出现。我在平淡之中不断重复相同的昨天、今天与明天。在每一个日落黄昏，我都忧郁于平庸之今日草草结束，平庸之翌日即将到来。

我是一根没有思想的芦苇，而思想是人唯一独特的标志。在漫长而短暂的时间之途，我像一个行走的木偶，肩头一直停歇着一只鹦鹉，它攫取了我发言的权利，代表我与这个世界对话与交流。在我不得不发出声音的时刻，我发现我之所言全部都是对鹦鹉之舌的重复。在堆砌的个人思想之竹简上，我的平庸史乏味而成。如果神灵福佑，我和众人一样，将枯燥而平安地过完人云亦云的一生。

我必须承认，我并无独特之处。作为一个人，我甚至不会比一棵树更加独特。每一棵树都比人独特，它们与阳光、风云和雨雪亲密交流，茂盛的思想我行我素。我该拥有的，我没有；它们应该没有的，它们都有。一千六百多年前，一位姿貌伟岸壮志凌云的将军在树下发出"木犹如此，人何以堪"的喟叹，这位胸怀宏图霸业的人在一棵十围之柳前泫然落泪，不会仅仅是因为事功的艰难，生命的速朽，他一定窥探到了宇宙间人无法逃脱的巨大的虚无之笼罩。以我资质之平凡，心性之浅陋，今生既不会拥有伟大的功业，也走不进这巨大的虚空。

此刻，我看着自己在手机上写下的这些文字，犹如春池拾砾，不知所以。这些碎片化的文字和我碎片化的思想乃至整个碎片化的人生一样，毫无意义。白屏黑字之间，闪烁着一个悲观主义者在暮光里最后的叹息。

2021年11月24日

## 夜半无人私语时

　　这个世界已经决绝地告诉我，它不亏欠我任何东西，而且是永远。这没什么，我也没打算向它额外索取什么。我向它祈求的，只不过是一个好的睡眠。

　　入秋以来，我的思维一直处于一种因阅读与写作带来的联翩的亢奋中：意象绵绵的沉浸，灵感闪现的惊喜，妙机其微的洞察，即之愈远的茫然，死于句下的沮丧……各种情绪裹挟与纠缠着我，夜晚尤其逃脱不能。许多的睡眠就眼睁睁看着它辗转至昧旦，消失于平明。生活是一次伟大的失眠，在佩索阿这一伟大的比拟与自嘲中，我没有品出一丝失眠的好滋味。此时唯一能转移我焦虑的是，楼上传来的一个女人鬼魅般的夸张的呻吟。这个声音间歇性地在钢筋混凝土中游走冲撞，传递至枕边，让失眠的人听来比失眠更加难受。

　　我推开窗子，想让这个夜深人静的世界看看，看看一个失眠者眼里的人间灯火，是何等微茫。清洌的风将我的灵魂从疲惫的妄想中唤醒。眼前这空寂无人的城市，默认了一切，抚慰着一切，充满慈悲与宽容。

　　对面楼下的垃圾屋里，一只老鼠在几个垃圾桶中跳来跳去，为温饱寻寻觅觅。它一定分辨不出哪些是厨余垃圾,哪些是可回收垃圾,哪些是有害垃圾。果腹而已,果腹足矣,那个站在窗前的人类,一夜一夜的追问,所为何事?一枕一枕的失眠,有何意义?也许,在这只老鼠的眼里,我今夜所有形而上的思考所包含的价值,均抵不上它嘴里的一块残渣。"你幸福吗?"如果一个电视记者此时向我和它同时抛出这个煽情的问题,我毫不怀疑明天在电视新闻中亮相的是老鼠而不是我。

长夜漫漫未遽央。思心徘徊的我,楼上呻吟的女人,在垃圾桶中寻觅的老鼠,我们都以各自的方式在这夜深处寻找和感受我们各自之所需。存在及其意义也许就在一只垃圾桶里,在一次忘情的叫喊中。也许一切就这么简单。要命的是我却一直在思想的宿醉中半迷半醒。

在尝试重新入睡前,我把祝福送给了仍在觅食的老鼠,同时也送给了呻吟未歇的女人。我祝愿老鼠今晚更多地找到它之所需,祝愿那个女人异样的呻吟,不是因为痛苦,而是因为快乐。至于我自己,只想获得一次哪怕是非常短暂的、完整的睡眠。

2021年11月25日

## 消　失

　　天蓝如水。我想在这蓝如水的秋日长空中寻找一点不一样的颜色。这蓝一望无际，单调得一望无际，令人压抑。如果可能，应该飘浮一片或者几片云。如果不可能，我甚至想自己去随手涂抹几笔。

　　突然非常想把头顶上蓝色的天幕奋力撕开一角，让我，还有这个被新冠病毒疫情折磨得疲惫不堪的世界透透气。我的呼吸很正常，但这并不表示我的胸腔里没有重压，我的生活没有艰难的喘息。原因何在？这同样是一个一望无际的问题。我此时神经质似的妄想，就是在天空寻找一处可以下手的缺口。

　　一声呼喊把我唤回人间。是S君。他像是刚从某个欢乐场走出来，浑身散发着湿漉漉的气息。我赶紧肃立一旁，不是为他，是为跟在他身后的那条望而生畏的大狗。我不敬畏同类，但敬畏于一切不可预知的事物，因为它们很有可能带给你一个意料之外的东西。对于像我这样一个循规蹈矩又谨小慎微的人，不说坏事临头，就是遇到意料之外的好事，也会让我紧张得不知所措。

　　Q君昨天突然去世了，心梗。他说。我一时惊愕得说不出话来。上周五我还在附近与他打过招呼，我下意识地看了看路遇的地方。他的音容笑貌还留在原地，但阒然无影。Q君五十刚出头，每周还坚持打一场篮球，这个年纪，这副身体怎么轻易就被死亡所虏获？更让我物伤其类的是，Q君和我每天上班都走发展大道，只不过他是从西往东行，我是由东往西走，两个小人物经常在路上擦肩而过，互相寒暄。

"死生非远也，理不可睹。"这个消息把清晨天空的压抑转换成了人间的恍惚。世界即幻觉，此刻一如奈保尔所言。S君向我道别后，我怔怔地望着他与狗的背影，心头竟生惜别之意。

发展大道终年绿树繁花，即便是这无冬之冬，也到处是春意思，何曾有一丝秋颜色？此刻，在这勃勃生机中，我站立成了一个凭吊者。一个人就这么无声无息地离去，所有关于他一世为人的证据，很快就会消失。人类急急忙忙向前奔走，那些掉队者都少有人眷顾，何况消失的人。对于某个人的离去，世界会保持它一以贯之的无动于衷。不会有一个季节为一片落叶悲恸哭泣。

我在发展大道来来去去走了十八年。在这漫长的岁月里，曾与我擦肩而过的人们，有多少已经悄然离去？其中有多少人对我微笑过，与我寒暄过？有多少人我曾觑见了他们的笑脸与愁容？有多少人被我无视过？我怎么知道？又如何记得？我也只是一个匆匆的过客，一个在某一天消失后，同样让这个世界无动于衷的旅人。人走着走着就没了，就散了，谁会留意、觉察人来人往的大街上那些不经意的消失？

想到这里，我用悲凉的目光打量每一个从我身边匆匆而过的路人，迎面投来的警觉的、冷漠的、平静的或友好的目光，都不会觉察到我心底的伤逝。这一刻，我甚至天真地想记住每一张面孔，但他们大多戴着口罩。这好似一个隐喻或天启：每一个走在路上的人都会消失，无须记挂。我在心痛之余越发觉得，活着，是一件多么紧迫的事情。

2021年12月2日

# 时间的囚徒

晚间，朋友小聚。众人谈及A君囹圄九年，最近终脱羁囚，但微信、支付宝等懵然不识，均须从头学起，不禁为之唏嘘。余曰：不识如何，识又如何？识与不识，有何分别？其服役于墙内，我等服役于墙外，墙内墙外，有何分别？闻听此言，满座皆静，以为寻常之人有不寻常之语。

余释之曰：人只知高墙铁窗之内有苦役，不想烟火人间亦为苦役也。人生一世，忙忙碌碌，劳形苦心，孜孜以求。所求即为所役，心之所累即为心之所役。求温饱即为温饱所役，求名利即为名利所役；为情困即为情所役，为老病困即为老病所役。凡所求所溺者，皆为其所役也。譬如手机，人人离之不得，醒则掌握，眠还不舍，片刻不见，魂不守舍，惶惶然若有所失，岂不是为其所役欤？

佛家讲人生七苦：生、老、病、死、怨憎会、爱别离、求不得，哪一苦不是人心之所系，哪一系不成为人之所役？凡有心者，必有所欲，有所欲则必为所役。伽蓝古刹，静室僧趺，贝叶晨唱，木鱼昼鸣，虽忘怀万虑，却又为空所系。人之所在，役之所在也。呜呼！

人生苦役久矣。古之达人逸士，窥天意通人事者不知凡几，思长林慕丰草者多如牛毛，然纵浪大化之人寥寥可数。昔陶潜自以心为形役，于是迷途知返，归去来兮，东篱采菊，南山悠望，西畴耘耔，北皋舒啸，衔觞赋诗，以乐其志，何其快哉！然人生若木槿，"晨耀其华，夕已丧之"。他逃离了尘网，却挣脱不了死亡，即使隐身桃花源中，依然为时间所役。也是在一个像今晚这般寒冷的秋夜，这个将死未死之人在给自己的《自祭文》中一声长叹："人生实难，死如之何？呜呼哀哉！"

　　一言既尽，举座默然。俄而，B君蓦然起身，举杯邀曰：反正牢笼一生，不得解脱，今日安心服酒役，不醉不归，明日再专心服他役，如何？话音未落，一室哄然，纷纷然杯起杯落，又不管人间何世矣。

2021年12月5日

# 飞来一架直升机

小区上空传来巨大的轰鸣声，应该是飞来一架直升机。我跑到阳台上，举目搜寻。对面楼栋里的好多人已经站在阳台或玻璃墙后，热切地望着天空。与我所居楼层正对的那户主人可能不在家，出来的是那条狗。它一时望天，一时望我，一如往常与我莫名其妙又心照不宣地隔空对视。我们都等着直升机的出现，像等着一件大事发生，等着一个突如其来的诧异与惊奇，把这平静的日常给打破。我在想，直升机会不会在两栋楼之间的草地上上演"黑鹰坠落"？如果坠落的话，我是赶紧逃进屋内，还是在第一时间拍照发朋友圈？狗在等待什么呢？也许是天降狗粮之类的好事，从它与我眼有灵犀的对视来看，说不定同样在等待着有事发生。直升机来了，拖着一条热烈庆祝某某公司开业的彩带，飞得很低，声音在头顶爆鸣，震荡空气和耳膜。五秒钟不到，直升机就掠过屋顶。片刻——片刻都没有，整个小区被激起的一阵涟漪归于平静。我的目光从天空坠落时，对面阳台上和玻璃墙后的人们已消隐于日常的沉寂。狗还在，一时望天，一时望我。我们最后相互确认，什么都没有发生。什么也不会发生。

2021年9月12日

## 抵 抗

　　始衰之年，忽焉而至。在时间的催逼面前，一直不喜茶饮的我，做出了徒劳而执着的抵抗：在办公室，每日坚持泡一杯枸杞茶；在家里，则泡一杯陈皮茶，再别有用心地剥两三颗红枣投入其中。自此，一个中年男人心底滋生的暮气，开始在杯间做无谓的缭绕。

　　人是一个多么脆弱的动物，即便有价值护体、意义防身，他随时都能感受到有形与无形的滋扰、压迫与伤害。人一生何其难为：他是天地之气的凝结，是传统习俗的产物，是苦痛的背负者，是别人眼里的别人，是时间的囚徒，他还有复杂的社会属性……这一切塑造了他，也必将合力摧毁他。一树经历了风霜雨雪的花朵，不管它曾经如何明艳，其结局都是凋落，我们只能在诗词歌赋中赞美它总被春风妒，缅怀它依然香如故。

　　日月流迈，宿命难违。一个人要好好地活着，他就必须无时无刻不去抵抗，去反击。男人汲汲于名利以抵抗平庸，女人孜孜于美颜以抵抗衰老，贩夫走卒碌碌于生计以抵抗困顿。还有，哲学家探赜索隐以抵抗虚无，艺术家破茧成蝶以抵抗死亡。诗人呢？沃尔科特说，只有真正的诗人才是时间的敌手与征服者，那些卓绝的诗篇可以完胜包括时间在内的所有暴凌。可惜，天底下没有几个真正的诗人，尽管那么多人生前就已宣称终将不朽。

如果不想屈服，抵抗就是一个人一生的使命。在这个无法回避、无法躲藏的宏大使命面前，渺小的人类疲惫不堪。对许多人来说，即使要过上平凡的生活，也几乎要用尽一生的气力。有人在生活尖锐的逼迫面前选择了躺平，他们应该没有看清楚，在"如何才能活下去"这道最重要的人生答题下面，并没有"缴械投降"这一选项。要么抵抗，要么自毁，两者只能选其一。

回望来路，命运对我的伏击，何尝不是防不胜防。一介寒门，仅凭下才之资，非刻苦自振，何以波流于这滔滔人世？驰骛半生，有多少的山高水远，就有多少的狼狈以对，多少的胜败无常。

在永远始料不及的无常面前，"抵抗"的表达其实是一种奢谈，一种悲情自述，甚至于一种说谎。用"挣扎"一词更为诚实。肉体与灵魂的双重挣扎，贯穿了绝大多数人的一生，以至于为了抵御与躲避无常的偷袭，人们不得不将灵与肉层层包裹。这也是那么多的人生不精不诚，不能动人的重要原因。

好像每一个黄昏，我都会陷入沉思中，或许这是对今日之我行将消逝的不舍，抑或是对庸常生活的一种下意识抵抗。公园深处，林中何人在吹笛。碧空下，闻几弄，此时剪鹤可破秋。也只有在此时，我才发现自己全然放弃了对生活的抵抗。

2021年12月9日

## 意义令人疲惫

"当一个人的意志成为院子里的一桶水,而且被笨手笨脚的路人一脚踢翻的时候,这真是一无所有的陶醉之时。"每次读到佩索阿的这句话,我都会在心底大呼过瘾,设想自己就是那个笨拙的路人,一脚将盛满意义的水桶踢翻,留下满街的瞠目结舌,然后大笑着扬长而去。

事实上这只是一个妄想。就好像,和一条狗一只猫在屋檐下看一场雨是妄想,探身窗外看一朵籁杜鹃袅袅作笑是妄想,在人群中突然想大声歌唱就大声歌唱是妄想,像徐霞客一样坐在山寺前看雪溜竟日是妄想,像卢梭一样站在阿尔卑斯山脉的塞尼山顶错觉自己是汉尼拔是妄想……意义在一旁冷眼旁观,严密看守,以至于我心之所衷都成为妄想。

我一直觉得我至少有两个我,一个负责浪漫的妄想,一个承担严肃的意义。如果一定要赞美什么,基于活着的事实以及虚荣的魅惑,我必须首先赞美意义。这是我生命中最大的软弱与妥协,也注定了我一生都不可能升华,不可能拥有山茶花般的真诚与莲花般的皎洁。

我是如此平凡,但我依然要承认,作为意义的动物,我是意义的获益者,因为它成就了我之为我的独一无二。半生以来,社会和我不断地扬鞭指路,指向无数意义的小溪、河流与山峰,跋涉、游淌与攀登因此成为一个意义的朝圣者的使命所在,希望所在。生而为人,你总要为了什么,做点什么,获得什么,证明什么,才不枉此生——人们都是这么说的。

意义像一根无形的皮鞭,抽打着每个人的灵魂,让我们用一生的负累与伤痕来回答这些无休止的催逼与质问。我之茫然或者说苦恼在于:当我每次以为终于找到了意义的处所,却寻不到意义的身影。就如同那些经常在我眼前和心底握手已违的情景,即之愈希的感觉,意义总在触手可及之外。我在生活中捕获的绝大多数东西,更像是一些严肃又滑稽的笑话。就是这些郑重其事的笑话,营造出那么多美者自美的幻觉。

意义令人疲惫。所有命定的东西都令人疲惫。能够缓解我疲惫的,不是一个新的目标或者比一个意义更加宏大的意义,只是一阵风、一场雨、一片落叶,草丛里一群正在东奔西走的蚂蚁,甚至某个同事随口吐出的一个粗俗的荤段子。我渴望在意义的笼罩之外逍遥。但是我沮丧地发现,就连"逍遥"这个词语和"逍遥游"这个短句在被庄子使用之后,也已随其隐遁。它们大概已心死于人的无可救药:即使活得如丧家之犬,也要找到活着的意义。小则为糊口,大则为天下。无论如何,我们必须在生活巨大的废墟中拼命地刨呀刨,刨出一点可怜的东西,找到一个活着的证据。

这几天,一个话题在网上引来无数人的感慨:相比西方人对于年龄的低敏感度,东亚人尤其是中国人把人生目标与年龄作了几近严苛的对照或限制，让人一生为之气喘吁吁。比如：多少岁之前要毕业，多少岁之前要找到工作，多少岁之前要结婚生子，多少岁之前要买房，多少岁之前要干到什么职位……除了这些人生大目标，日常生活也贴满了年龄标签：这个岁数不适合穿这个，这个岁数不能干这个，这个年纪不合适找那个……年龄即目标，年龄即意义，年龄即限制。如果在某个年龄段没有完成世俗的目标，没有按照传统价值观行事，你的价值与意义将可能迅速贬值，人设直接坍塌，你的个人标签将只能在失败者、叛逆者、边缘人、神经病中任选其一。

我一直没有找到属于我的诗和远方，只找到了眼前的苟且。我无法获得诗意的栖居，只有与西西弗斯相似的徒劳。如果允许我此时大哭一场，我很难回答自己为什么哭泣。好像没有什么值得一哭，又好像什么都值得一哭。塞内加对此有更深的豁然：何必为部分生活而哭泣？君不见全部人生都催人泪下。

每天清晨，当我坐在书房里开始读书或者写作时，首先会静听一会儿窗外的鸟鸣。此时也一样。这些可爱的精灵吐露的叽叽喳喳的声响，也夹杂着它们对意义的叩问吗？它们歇脚的树枝以及树枝上空缭绕的白云，在自由地生长与飘荡时，是否也曾问天问地问自己：意义何在？这一念之间的迷惑令我悚然一惊。我深深意识到，自缚于意义之茧中的我已无法挣脱。

2021年12月14日

## 夜 雨

　　南方的秋与夏一样漫长。秋来时,我记得是披着一蓑烟雨来的。我记得我连续听了一周的夜雨声。我记得我说过那冷雨是一朵一朵的,一滴一滴的,像葡萄牙的有些法朵,不紧不慢的,懒懒散散的,一个音符跟着另一个音符,不情不愿的。一周之后,雨歇了,淅沥之声还萦绕在人的脑际。

　　从这几日的天气来看,我应该会在烟雨中送走秋天。上天把一年之中的愁人之物都落置在秋季:瑟的秋风,寒的秋水,肃的秋叶,凉的秋月,还有这冷彻心魄的秋雨,让活泼了半载的苍生情不自禁就收神摄心,肃然起敬。在李义山、白乐天的笔下,秋是文学的,他们和无数的远行客一样,喜欢在夜雨之秋道相思苦,写长相忆;在六一居士和东坡居士眼里,秋也是哲学的,一阵秋风会吹彻生死苍凉,一片秋月可寂照宇宙虚渺。

　　今晚这样的雨夜,像是从遥远的岁月里滴沥而来,你醒来和不醒来它都在:在芭蕉上,在蕉叶边的沉香上,在路灯凝视的花丛中,在空阶以及空阶旁的栏杆处。它痴情地滴沥在窗前,让你恍若置身于异乡的客舍,情不自禁地思念起爱人温暖的怀抱,不由自主地计算起飘零的行程。夜雨也是哲学的,相信历史上一定有人在空山冷雨的滴沥声中悟出了大道，或者在雨夜中杀死了自己，但一切已无从问起。

　　这个漫长的秋天，我以知命之年站在岁序之秋，秋的明净、澄澈与成熟以及它的肃杀、衰败与感伤，与我若合一契。我就是这个秋天。这个秋天，我之所见与过去几十年之所见同也不同，与百年千年之前的人们之所见同也不同。那些不同，是无数个不可见的"另一个世界"，无数种不可听的中和之声与清商之音。对于那些不曾见不可见的万象，未曾听未能听到的声响，我唯一知道的是，它们被一样的清辉朗照过，也被今晚一样的夜雨凝听过。

2021年12月16日

## 我不在我心里

我不在我心里，我流离在我的宇宙之外。我少小离家，一去不返。人情事变，此心至今未明。检点半生，汲汲之所得不过是永恒的疲倦与偶尔的惊喜。现在才明白，存在的理由不假外求，濡染我灵魂与德行的事物都在原处。而今此时，对一切淳朴与纯真的挚恋呼唤我半途折返，归去来兮与良知做伴，却发现：转过身去，没有一条回头路；转过身来，人间没个安排处。

2022年4月5日

## 在 人 间

我在生活中感受到的虚假、沉闷与无聊,大多来自人群。同为"乌合之众"中一员的我对此自然也难辞其咎。我们的荒诞不在于呈现这些虚假、沉闷与无聊,而在于呈现这些虚假、沉闷与无聊时表现出的一本正经和满腔热情。《猎魔人》中有句台词说:这世上唯一能确定的是没有一个人表里如一。这句尖刻之语毫不留情地揭示了人类共有的痼疾。我把它视为人的不治之症之一种。

相比许多人的习以为常和不以为意,我过早地感受到了这种"病症"对身心的戕害。即使无视神明的审视,只要真正读懂了孔孟时代的孔孟之道的人,对道德感的日益丧失也应该有种来自内心的焦虑与羞耻。于是,抱着不给他人添堵以及自我免疫的心态,我开始更多地离群自处,把自己活得不声不响。即便置身人群,我也会放任我的灵魂随时开溜。我把我留在原地参与各种"呈现",我明确我在这里,让另一个我去他想去的地方。

困惑在于,我常常不知道这个我去了哪里。他总是把清醒的我带入某个恍惚之境,然后一走了之。就像此时,我站在发展大道上等人,一开始,眼前滚滚的车流和来往的人群是明白无误的、慢慢地,他们就成为一些模糊不清的流动、飘动或者蠕动,像流水、落叶或者搬家的蚂蚁之类。再后来,我的眼前一片空茫,我进入无边的无意识之中。是的,如同昼日阻挡不了黄昏的降临,我的思想频繁地挣脱理性之栏奔向恍惚,哪怕是在那些宏大的、沸腾的场景面前,我也会陷入某种虚幻。事后,我会因为没有及时自我升华与共情感到歉疚,歉疚于我的恍惚让世界在那一刻呈现的庄严或激情,瞬间跌入不应有的可笑与荒诞之中。

我是在逃离吗?逃离千篇一律的人生、不堪的人性、庸常生活的重复、无处不在的装饰与假,以及遥然可见的衰老与死亡?是的。不是的。生活的尖锐让我的敏感更加敏感,这种敏感又反过来强化了我对世界的钝感。这个悖论让许多的不确定更加充满不确定。无论是与不是,我断定这只是我人生的A面——早已知晓的无处逃离的A面。我屡屡为之走神,为之转身的不是这些,是B面的无限,无限远,无限空,是我的岑寂与消失,我的无迹可求的虚构。

不管这个世界如何得意扬扬,它已没有足够的魅力牵扯我的盘桓。所见之一切,"无非如此,不过如此"八字可尽之。更何况,繁华平淡,有梦无梦都让人疲累。此生尘缘难了,我无法做到入山林而不出,注定成为不了苏辙所谓的"湛然寂然者",但我一直在努力屏蔽更多,清空更多。

我越来越多地沉浸于自己的虚空。常常幻想自己的行住坐卧成为"文人墨戏"的题材,因为我之外是越来越多的空白。在这空白处,远古踏来,江河涌来,万马奔来,风雨袭来,云霞飘来,鸟兽禽鱼自来……冲漠无朕之中,万象森然。在这空白之中,我看一切交融,与一切交融;看一切生动,和一切生动。在这里,我是如此自若,如此无我,如此名副其实地表里如一,如此与现实格格不入。

我的日常就这样切换在生活的A面和B面,穿行在有限与无限中。当我无法承受生命之重,我会出窍于悠远的浑茫;当我无法承受生命之轻,我会回归每日维新的生活。就如庄澹庵诗所云:"低回留得无边在,又见归鸦夕照中。"我希望自己是一只自由的飞鸟,在云水苍茫与烟景夕照间不断远去与归来。是的,我在人间,在虚实之间,黑白之间。这种习惯性的走神,也同时意味着,我并不总在人间。

2021年12月19日

# 无 聊

是不是可以换个角度看待无聊：那些每天醒来就会对自己吹响战斗号角的人，并非迷恋于踌躇满志，而是因为他们早就看清了生活的无聊，但又实在无法忍受这种无聊；那些昏昏度日的人也并不以为踌躇满志不好，而是觉得无聊更好；至于假装忙忙碌碌的人们，则属于无聊者中的狡黠者，他们既心安理得地享受无聊，又理直气壮地不劳而获。

与其说我自以为是地看穿了无聊者的动机，不如说我看透了无聊的本质。就像今天上午，当我打开电脑准备写一份材料，感觉如坐针毡，几次起身蹀躞。并非材料难写，是材料本身很无聊，使得写这份材料这件事更显无聊。此刻，整个房间似乎弥漫着二氧化碳，与材料和写作者相关的电脑、键盘、鼠标、茶杯甚至那盆婆娑的绿萝，都陷入缺氧般的紧张与不适。它们一起被带入无意义的挣扎中，一种不得不进入的自虐状态中。我的来回蹀步只是为进入这种自虐状态积攒足够的坐下来的勇气。

这几乎成为一种习惯性的生理反应。将"材料"改作其他的事物，同样如此。就是说，一事当前，你最好不要去问为什么，不问为什么尤其是不向自己问为什么要做这件事，别扭和难受的程度会减轻许多。你不要总是去试图弄清工作或者生活的意义，甚至具体到一件事或一个人对你的意义，这种企图如同股市的探底，它会让你的情绪在这个区间长时间盘整，你只能在长久的绝望中等待一次疲软的拉升。

是的，我们必须学会与无聊相处。无聊是你听着一场乏味的演讲，还必须不断热烈鼓掌；是参加了一次规定的群演，还要始终撑开带妆的笑脸；是与一个无知无趣的人面谈时，努力不让对方感觉此时的你不过是为他临时设置的一个环保型的垃圾桶，不得已任其倾吐。生活中有多少一本正经的庄严，就有多少掌声雷动的滑稽；有多少真假难辨的热情，就有多少见怪不怪的厌倦。一次，我独自在公园散步时，想起刚看完的美剧中一位主人公成天装模作样的做派，不禁哑然失笑，最后忍不住笑弯了腰，以至于让旁边一个原本走得慢条斯理的老太太突然受惊，小跑而逃。

一个已经将无聊当作生活的某种特质看待的人，即使环境再动荡，他的内心与言行也会似流水渐缓。他基本看清了世界的本质，了解了生活的真相，对那些无处不在的、若隐若现的枯燥、空洞、乏味和虚与委蛇，表现出欲言又止的疲惫与忽略。如果说，郁闷是一个人受挫后内心产生的一种比较强烈的情绪集聚，证明他对郁闷的对象还有着某种期许，无聊则完全是一种对执着的放弃，对眼前之人与物的淡漠，对这个世界的无所谓。他当然还会继续配合着舞台上的精彩表演，但思想却已经坐在观众席上。他一边冷眼打量着人世间这幕热烈的荒凉，一边随时准备着为自己和他人鼓掌。

没有希望的希望是什么？没有期待的期待是什么？没有感觉

的感觉是什么？浅显的回答是苦闷，是郁闷，是一个人感觉链锁于生活无形的监牢中，不得脱逃。豁然者的体验却是虚无，是逍遥，是消遣世虑，明见"江山之外，第见风帆沙鸟，烟云竹树而已"。是在"有所待"中"无所待"。

春天终于停止漫长的悲悲切切，迎来久违的阳光。办公室低温阴冷，中午不宜久坐。我来到公园，仅仅五分钟的路程，就在太阳的热力下感受到一种极度舒适的慵懒。一群人手持长枪短炮在草地上拍摄什么。近前询问围观者，原来他们在拍摄一只戴胜鸟，而且已经跟拍了几天。被围观拍摄几分钟后，戴胜鸟飞走了。很快，人们又在南边的草地上发现了它，拍摄者赶紧跑过去又一阵狂拍。戴胜鸟又飞走了。有人又在北边的草地上发现了它，于是摄影师们又一溜烟儿地跑过去。就这样，我跟着他们从公园北边跑到南边，又从南边跑到北边。这些人为什么要不停追拍这只鸟？我为什么会神经病似的跟在他们后面瞎跑？我懒得去想这些。这时刻我就喜欢这种莫名其妙的好玩。我坐在草地上，一边无聊地欣赏这些人各种拍照的姿势，一边尽情享受上天赐给一个晒命者的温暖阳光。

2022年2月23日

## 逍 遥

若以庄子的"逍遥游"之境界来品评人物，这世间能找到一个真正意义上的逍遥自得的人吗？半个都没有。自由的灵魂从来只是一种假设。人是命运手中的风筝，当你翱翔于天空，试图从云朵手中接过一封别致的信笺，命运一个轻微的手势就会让你跌出妄想之外。

没有一件事是轻松的。我离开乡村的第一天起，就读懂了人的宿命。这并非我有好根器，是因为太早就品尝到了寒门的苦味。我日复一日地坚持，所存之念不过是揣着一点微茫的希望。身所盘桓，目所绸缪，除了一日三餐的温饱，就是因了这点希望。如果急雨后面是灿烂千阳呢？如果长醉之后可伴彩云归呢？也许轻松的事情老天爷都交给了别人，反正我生活中好像没有几件事说来可自如谈笑。我拿到的牌并非都是烂牌，但都不好打。"发牌的是上帝，不管什么样的牌你都必须拿着，你能做的就是尽你的全力打好你手里的牌，求得最好的效果，人生同样如此。"艾森豪威尔的母亲对他的训示深得我心。我也经常拿它提醒我的女儿。

生活的真相除了残酷，当然也有美好。尽管许多的美好到最后原来是个欺骗，化作泡影。"过尽千帆皆不是"后，你会明白一切都很难，美好得来尤其难。面对生活中突如其来的收获与喜悦，我总有些手足无措，一半是因为意外，一半是担心它不小心溜走，生怕命运突然变卦，将这点得之不易的微薄的惊喜残忍掠走。这也是我习惯于藏在人群中，站在人身后的原因，我毫不在意由此带来的各种讥诮。

上午从医院打车回来，车上正在播出佛山电台的一个谈话节目。从头至尾，主持人和嘉宾笑的时候比说的时候还多。他们河水般奔腾不休的快乐让我羡慕与嫉妒。我想我现在如此这般放声大笑的时候是多么少，我周围的人们如此这般放声大笑的时候是多么少。我记得我少年时是特别爱笑的，但是它后来却被生活的艰难慢慢收敛和包裹。里尔克说："我们分内的事都很难；其实一切严肃的事都是艰难的，而一切又是严肃的。"是的，生活在本质上是严肃的。这意味着我们对于逍遥的各种向往，只能是一种文学的构思、哲学的冥想。

如果能够得到，于我而言，逍遥就是所有的真理都不屑于我的存在，任凭这个头脑简单的人在他的世界里得意扬扬。

多么天真的理想，我能想到的关于自由的一切，大都如此天真。而生活赐予我们的，多是矛盾的微妙，想象的繁复，还有纠结的苦痛。当然，这些也是我想要的。在平庸的日常之外，我希望命运偶尔会把我抛掷在这些曲折、幽深甚至悲壮之中，让一个卑微的灵魂在深刻的苦痛中体验伟大与崇高的真意。我的怅惘在于：人是一个多么困惑的存在，选择温暖地沉沦还是孤独地飞升，将是一个终其一生的迷思。

在侨都的深夜写下这些文字时，女儿不断发来图片和视频，分享地中海一望无垠的湛蓝、碧空与她的快乐和惊喜。这几天，西班牙的人文历史和自然景观让她流连叹赏不已。我回复她说：好好享受这份逍遥，逍遥只属于青春；青春之后，逍遥难再得。

2021年12月22日

## 夜 的 插 图

　　月色铺满庭院。桂花、簕杜鹃和玫瑰吐露的清香氤氲在小区的每一扇窗前，只等煌煌晨曦叩开窗棂，舒爽人的心脾。一排棕榈树笔立挺拔，仰首伸眉，默想妙语佳构。篱笆边，几个环保垃圾桶不动声色，候着野猫和老鼠心照不宣地在夜半无人时轮番登场，饕餮人类抛弃的剩余……这是一个失眠者今天清晨对昨夜的回想。这其实也是他每天深夜在窗前看到的景象。如果这个冬夜有什么非同寻常，那就是失眠者竟然破天荒地整夜都沉睡在梦乡。

　　我昨晚的睡眠时间几个月来首次完整地超过五个小时，初醒时，竟有种"邯郸一梦长"的错觉。惊喜尚在惺忪之中，心里已沁满对上天的感动。我像一个苦苦挣扎的溺水者，突然被一只强有力的手，从濒死的绝望中拉扯而出。

　　在对生活诸多意义的寻解中，怎样才能尽快获得一场安稳的睡眠，一直被我惴惴不安地列为当务之急。起先，我对一双饱满的眼袋还能用"卧蚕"二字来自谑；后来，纷至沓来的白发、皱纹和斑点令衰败之色尽显，才知道，一个有执念的人如同作茧自缚，其结局一样不可收拾。相似于其他一切形而上的问题，它们带给我的疑惧，时间和智慧都无法提供消弭与宽解的答案。就像冬夜里在风中摇曳的芭蕉，冷雨袭来，又添几分潇潇。

夜明如镜，可照肝胆肺腑。每一个深夜都是清澈的，这是夜晚的最迷人之处。但是，黑夜终究不应是清醒的时光。一个在深夜之中还双目灼灼的人是不幸的，他几同于睡神的弃子，灵魂与肉身都失去了温柔之乡的爱抚和垂怜。他的中宵夜起、辛苦踟蹰，他的邀月言愁、呼虿语恨，都成为一种虚幻的苦修。情往赠谁？兴来答谁？总是空寄无所凭，总是弦断无人听。一个人殚精竭虑地用语言求索终极，形同用六道虚实相间的线条组成的六十四卦，占卜一生的时运，可谓虚诞而妄作。多少的夜晚因为一个失眠者的无眠而充满疲惫。

这一次，他终于安静下来。世界终于安静下来。夜的隐秘重现。他在蒙头大睡前终于明白，一个人无论在白天还是夜晚，他能从生活中获取的答案寥寥无几。

不是所有的问题都会有答案，一些问题没有答案是因为它们本身就没有答案。所谓人生的意义，就在无穷的无解中，在语言与沉默之外。把困惑悬置,一个生活的奴隶终于响起久违的鼾声。他此时的模样成为这个夜晚最生动的一幅插图。

一个人要辜负多少良夜,才能换得一宿好梦,一枕酣眠?

2021年12月24日

## 遥远的深情

读宗白华先生的《美学散步》，情感浓郁，思想沉挚，意境神出，端的是"深情之作"。尤其《论世说新语和晋人的美》，对魏晋风流人物的追慕与叹赏寄慨于字里行间，几乎一行三咏叹，一页九低回，令人心驰神往，恨不生逢当时，随侍晋人左右。魏晋是中国政治最混乱、社会最苦痛的时期。偏偏在这样的乱世人间，一群人不仅活得超凡脱俗，还热烈到了极致，美到了极致，深情到了极致。他们用玄谈，用隐逸，用诗篇，用书画，也用辞才逸辩、情驰神纵、超逸萧散、悲天悯人，把对生命、自由、艺术、宇宙的一往情深表现得无与伦比，独绝古今。我们这个族群曾有过的最美的风姿、最美的深情、最美的思辨，甚至最美的孤独与怪诞、死亡与摇落，被他们率真活泼地向历史与时间一一振衣展示。他们创造的"世说新语时代"，以前没有出现过，之后也再没出现过。"明明上天，烂然星陈"，这群飘逸远去的高贵英雅之士，既是我执着的神往，也是人间再无其二的一生之惆怅。

2021年12月26日

## 放 弃

我所认识的人当中,似乎没有几个人渴望将自己推送到一个不确定的环境中,去寻找和感受所谓奋斗的激情。对于平庸、平常与平淡生活的潜意识依恋,是人们最真实又最不甘心和最不愿意承认的心理写实。

人们心里都翻涌着壮志豪情,梦想似日月行天。但是大多数人又都如我一般,仅仅只是一个生活的平庸者,或者说命运的臣服者。有的人甚至在心里对这个世界默默说一个"不"字,都生怕被周围的人听到,怎么指望他们会抛出哪怕一点点质疑:生活是错的,现实是错的。现实法则和自然法则壁垒森严,人终其一生被历史、政治、文化、宗教、科学和教育等规训,时间最终将其拿捏成什么模样与德行,纯属天意。

人生倥偬而强大,如今,我对抗它的最有效武器就是放弃。这种放弃并非简单的投降主义,只是放弃追求最好与完美。完美是一种神秘主义的魅惑,它会诱导你深信不疑地用整个身心扑上去,演绎一种飞蛾扑火的壮美。这种决绝最好不要由如我一般的平凡者去完成,否则不仅会引发更多平凡者的嫉妒,造物者也会皱紧眉头。平凡者喜欢大家好才是真的好,造物者则赞美允执厥中。

爱生活，但不要去爱生活的极致；爱一些，不要企图去爱所有。熄灭不必要的妄想，会减少你的索求与世界的给予之间的矛盾和冲突。一个人的尊严很多时候来自于承认他的局限。就我来说，开始更多的止步：止步于一场邀约，一次交谈，一个电话，甚至于一张笑脸。在不断的止步中完成一次次的放弃，放弃与生活更多的链接，让自己成为一个原子、一条小溪、一个独唱者，甚至于某种意义上的孤岛。生活之累多源自心灵之累。编织梦想有时就是编织牢笼，编织一张自己无法挣脱的蛛网。

我并非一个彻底的悲观主义者，我只是在对生活的打量中更多地学会理解生活，告诉自己一切都不简单。在那些已经过去或者死亡的生活中，我收获了一些，但收获的没有预想的那样多。因为多数预想本来就是贪婪的幻想，甚至恶的蛊惑。我没有迷失于更多的幻象与更多的平庸中，想来真是侥幸。除了坚信生命是生存的唯一法则，我也要承认，作为自己生活的评判者和执法者，我至今既不了解生活的真谛，也不愿意去熟谙世俗中那些暗流般涌动的规则。我已放弃去弄懂弄通这些。放弃的还包括一些自我纠缠，比如：究竟是死去的生活是真实的，还是活着的生活是虚妄的。

《约翰福音》有说："一粒麦子不落在地里死了，仍旧是一粒；若是死了，就结出许多籽粒来。"某个季节，我希望自己是一粒在土地中死亡的麦子，依照时令生根发芽。但更多的时日，我希望自己是一朵在大地上飞翔的蒲公英，不问西东，独自凭风，独自飞往不知处。我希望我的一切希望都不构成对这个世界的打搅，一切都变得安静且简单。

2021年12月28日

## 孤 独

有时候觉得,我在生活中遭遇的不幸与这个世界几乎没有任何关系。我心底偶尔泛起的哀戚没有人会知道。同样,那些在深夜里哭泣的人们,他们的哀歌也只能在他们自己的世界回响,连窗外的风都不会为之片刻停留。

一个人永远不能真正理解另一个人,也即是说,一个人的悲伤很难真正得到另一个人的抚慰。每一颗滴落的泪珠中,都包含着一个受伤甚至破碎的灵魂,几乎没有语言可以真正形容它,理解它,治愈它。维特根斯坦拒绝承认语言所描述的任何东西,是因为他看到了语言的无力。不用说安慰的言语,有时候,悲戚者甚至会推开善意的拥抱,他宁愿向壁一隅,顾影自怜,或者择一无人处,独自号啕。更有不群者,携酒而行,与天地同醉,只扔给身后扛着锄头的随行者四个字:死便埋我。

人是多么孤独的存在。所谓孑然一身,不仅仅在于个体精神世界里永恒的无助,还因为此在的模糊与幽暗。作为一种莫名其妙的动物,在纷纭的自我意识的支配下,人既向这个世界展示他们的光怪陆离,也呈现他们一生的不知所以。生命如游魂,散漫随荆棘,每一个孤苦无依者都可资凭吊。

有一天,我在一个套路性的共情场合突然意识到,生死相依、休戚与共这些经常性拿来表现大爱的词语,人们都喜欢将其与感动一起,外抛于世界。其实,它更应该拿来宽慰孤独的自己:自己与自己生死相依,自己与自己休戚与共,自己与自己悲欣交集。自己集仆人与上帝于一身,平生几乎全部的告解和应许,到头来都只能由自己一个人完成。这是多么孤独的使命啊!

一个人的孤独与尘世的关系了然分明,又暧昧不清。他要一边迁就这个世界令人望而生畏的客观性,又要努力维持与呵护自己幽幽暗暗的主观性。前者是存在之依靠,后者是存在之必须。有多少在白天纵情高歌过的人,深夜里却独自凭窗无语?人是孤独的囚徒,但他一直有意无意地回避灵魂给出的这个认定。他将自己的注意力更多地分配给欲望,交由欲望挥霍与支配。只有在遭受命运的击打,感受夜半无人的清冷,或者半生也没等到那个该来但没来的人时,才会明白,孤独与自己是如此的形影不离。

人逃不出欲望,也逃不出孤独。就像此时,我写下的这些只言片语,既是因为想在意识流中抓取点什么的欲望,也是缘于年终岁晚的别样孤独。无论对于将逝之白昼,还是缓来之黑夜,它们的涌现并无意义。这个人在黄昏的喃喃自语,所道来的不过是他日复一日、年复一年的相同光景。

2021年12月30日

## 唯 有 此 时

时间把我带到今天，带入一岁之杪，带进此时。此时之外，是沉沉之暗夜，暗夜之邈邈。

对时间有着深刻洞见的爱因斯坦说：过去、现在、未来之间的区别只是一种顽固又持久的幻觉。从物理学上来看，没有所谓的昨天、今天和明天。这更加确定了我"人在此时"的感觉，坚定了我作为一个感觉主义者的存在。我随同时间走到此处，如果可以较为客观地言说我对这个世界的感受，只有此时。

我总在此时。我只有此时。即使我承认我来自昨天，来自2021年，但我已经无法证明。过去已去，我并不在过去；未来没来，我也不在未来。昨天、今天和明天只是我们对时间的一个分段表述，一个隐喻的概念建构。年、月、日更像是人在一路攀附的生死之绳上做的一个记号。时光无所谓旧与新，人一生的感觉都只是此时的感觉，此时之外都是回忆、想象与虚拟，都是情绪或者情感的错置。

昨天已成为遥远的回忆。此时，在今天还没有遥远之前，我想我应该记住它。没有人会有兴趣打量一个平凡者的琐碎，但它们对我弥足珍贵。在这些事情还没有被时间遮蔽之前，没有成为时间的灰烬之前，我要用文字把它们记录下来。

——今天早晨上班的时候太早，我没有看见太阳；晚上下班回家稍迟，也没看见太阳。这让我有一种与2021年的最后一天失之交臂的错觉。这也没什么，我与自己的半生都已失之交臂。

——我今天工作得兢兢业业，相信领导在核准这个月的绩效时，不会萌生扣减我奖金的念头。在降薪一年而且确定来年会继续降薪的背景下，我对孔方兄的爱慕较过去又热烈了九分，还有一分表示我假装不在乎，假装理解我的不幸，理解单位的不幸，还有这个世界的不幸。

——今天部门开会时我发了火。这是我2021年第一次发火，也是唯一一次发火，我竟然把一年的脾气积攒到了最后一天。我对此略感惭愧。今天再读《世说新语》，再次仰邈于晋人风流。自惭形秽之余，自思当效古人之万一，以不负为人一场。发完脾气才意识到朽木难雕。

——与在飞机上等待起飞的女儿视频通话。她将从希思罗机场飞往冰岛，开始圣诞假期的第二场旅行。我对孩子急急忙忙说了许多话，没说的话只有一句：你快乐我就快乐，你悲伤我就悲伤。如果生活中确实有真理，这就是唯一的真理；如果生活中有诸多真理，这就是最高真理。

——晚上，和夫人一起吃了探炉，喝了喜茶。在星巴克小坐时，巧遇搬家多年的邻居。我们戴着口罩寒暄，彼此都没有说出相同的感受：我们都开始老了。

这就是我的一日之"史记"。一个凡人的贪、嗔、痴在这一天充分体现，他的七情六欲表现得淋漓尽致。在这个特殊的此时我记住了这些。此时之后我将忘记并且失去它们,就像我忘记和失去的无数此时、无数琐碎一样。

在这个特殊标记的时刻,人们约定俗成,以各种方式辞旧迎新,复盘祖先"击石拊石,百兽率舞"的雍熙之乐,集体性地表达各种感觉(这难道不也是幻觉吗)。

我感动于所有人们此时的感觉。尽管我知道其中的许多感觉并不真实,但它们一定是不真实的生活中最真实的时刻,是集已有的真实之大成。人在死面前较在生面前更为真实。此时人们面对的就是一年的死亡,一岁的消逝。作为一个有限的存在者,人应该应享尽享他在时间的光点上存在之福分,尽管这点福分比电光石火还短暂万分,这是他生命之意义所在。

再过片刻,2022这个新的时间符号将标记我的生活。我没有任何岁序更替的惆怅与欢欣,没有任何意不适。此时我唯一的心愿就是快点进入另一个此时,进入新年的梦乡。

2021年12月31日

# 客　尘

　　读《维摩诘经·问疾品》。其中有句：菩萨断除客尘烦恼而起大悲。何谓"客尘"？僧肇大师注释说：心遇外缘，烦恼横起，故名客尘。人心本如明镜，缘起处，各种烦恼犹如尘埃落镜面，客迹于心。世人也有解释"客尘"为作客尘世之意。说及尘埃，突然想起旅行者1号飞离太阳系之前拍摄的一张地球照片"黯淡蓝点"。在这张照片上，地球的大小还不足一个像素，像悬浮在太阳光中的一粒尘埃。是的，遑论茫茫宇宙，即使在太阳系，地球亦不过是一粒尘埃。人又是地球中的一粒尘埃。偏偏，这粒极细极微的尘埃的内心世界，也纷落着无尽尘埃。人、烦恼、尘埃——三个语义相通且互为修辞的词语，几乎构成了人一生的宿命。由是，我问了自己一个卡佛式的问题：当我谈论尘埃的时候，我在谈论什么？

2022年2月16日

# 懒惰主义者

新年首读,遇见让·鲍德里亚,遇见他深得我心的"懒惰"论。他说:"懒惰是一种宿命的策略,而宿命是一种懒惰的策略。正是这种偏爱,使我对世界同时抱有极端和懒惰的视觉。不管世界如何发展,我不会改变这种视觉。我憎恶身边市民们的喧嚷活动,憎恶他们的主动积极、社会责任、野心和竞争。这些都是外生的、城市的、高效的和雄心勃勃的价值。这些都是工业文明的品质。而懒惰,它是一种自然的力量。"

我第一次这么大段地引用经典论述,是觉得鲍德里亚简直是时间送给我的一份新年礼物,而我竟然早已认同并践行着他之所言:不菲薄于自己成为一个时代的落伍者。有时候,在一把懒惰的躺椅上安卧,是无须内疚于时光荏苒的。

我毫不掩饰这一点:我对人类在地球上的狂飙突进惊喜不

多，反倒对日新月异的变化带来的日新月异的欲望忧心忡忡。人生存真正所需的信息与食物不多，我警惕于技术对欲望的刺激与放大，本能地抗拒科技对传统精神家园无休止的拆迁与改造。在找到有效的办法控制自己不断膨胀的野心与欲望之前，在彻底沦为消费社会的工具、商品、符号和数据之前，人应该小心翼翼地前行，谨慎地满足，有节制地欢呼。就眼前所见之现实，"心有戚戚焉，然心戚戚矣"。

生活是否应该交给忙碌打理，让它将我们活着的意义填满？这个本该由生活本身来回答的问题，已由人主动代替，并以奔波劳碌的方式给出无数理由与证明。一个企图松懈下来的人，他的潜意识里会产生一种自暴自弃的负罪感，不久之日，就会情不自禁拿起皮鞭抽向自己的内疚与堕落，然后加入奋进的队伍中，跟着大声地喊起劳动的号子。

忙碌始终不灭的是它的雄心。忙碌的人把懒惰一把推开，致力于无休止的改变与征服，即便把自己的灵魂与肉身折腾得千疮百孔，精疲力尽，也在所不惜。懒惰的人则坚守着自己的生活美学，麻木不仁，对一切伟大与恢宏袖手旁观。在这一点上，黑塞的荒原狼毫不掩饰自己对忙碌者的嘲讽，他看穿了人忙忙碌碌的生活，看透了那些蝇营狗苟、虚荣无知、自尊自负而又肤浅轻浮的人精神世界的表面活动："看，我们就是这样的傻瓜！看，人就是这个样子！"

不会有人去爱懒惰，或者真的视其为"自然的力量"。它甚至不如享乐，尽管招人不满与嫉妒，但指责享乐的言辞后大多隐藏羡慕与暗许。懒惰一露面，通常会直接被验明正身，它唯一的去处就是言语的刑场。

多虑与多事，是懒惰者对这个世界最大的不屑。把本来之物造就为他物，不要指望获得懒惰者的赞美。除了领受自然的给予，懒惰到一定境界的人依照直觉生活，不会去想有何作为。他甚至超越了"无为无不为"的古老训导，根本就不意涉为与不为。有个座位就行了，快与慢是火车的事，窗外的风景好不好是大地的事。如果在路上恰逢一场雨，他一样表现得慢条斯理，就像鲍勃·迪伦欣赏的那种人：他能感受雨，其他人则只是被淋湿。

我不是一个懒惰者，我只是这样想着，只是到今天才发现，懒惰也是个一言难尽的话题。我来到阳台上，在阳光下伸了一个漫长的懒腰，打了一个漫长的哈欠。声音惊醒了睡在楼下阳光里的那五只猫。这群天生的懒惰主义者，齐刷刷地伸着可爱的小脑袋望着我。我猛然醒悟此时已近正午，该为它们送去食物。这五只猫一直是楼上的一户好心人家在喂养。元旦前，这家人搬走了。每次出入楼梯，它们总是眼巴巴看着我，楚楚可怜的目光提醒我不可推卸的职责。这段时间，我竟然开始自觉每天送点食物下去给它们。我并非刻意行善，也不觉得自己是一个高尚的人，我只是喜欢它们慵懒的体态、莹澈的目光，还有每天在小区里无所事事的闲逛。我心甘情愿地为这群懒惰主义者服务，最重要的一点是对它们的羡慕与嫉妒：从它们身上，我看到了自己渴望活着的模样。

2022年1月3日

# 逃 离

两年来，我第一次置身于如此熙攘的人群和耀眼的繁华之中。我感觉众多的我兴奋地挣脱我沉重的乏味，向周围所有事物本身的丰富性四散奔逃，只留下一个虚弱的影子贴在墙角。还有多少未逃之我在蠢蠢欲动，多少已逃之我将悒悒而归，这不是一个夜晚能回答的问题。我此时能确证的唯一哲理就是：生活的理想总是在投身于下一刻——秩序与骚动的张力将横贯人的生死。

2022年1月7日

# 不　幸

　　我至今没写出多少让自己十分满意的文字，就仿如我生来没度过多少真正自由快乐的生活。如今半生已过，余生亦难逃营营，这意味着，我将不可能写出更多让自己满意的文字，也将不可能拥有更多自由快乐的生活。言及不幸，这或许是我此生最大的不幸。我的不幸与大多数人的不幸随行。

2022年1月9日

# 生 于 忧 惧

我生命中唯一一次可称之为美好的心慌意乱,是当年遇见我夫人的那一瞬间。除此之外,"心慌意乱"这个词和我一样,基本被生活强行占有与挟持,忧惧成为它的别名。

作为一个既耽于幻想又生来忧郁的人,我对于所有的不确定都爱恨交织。这种感觉雷同于我对每一个黄昏的复杂心情。曾经,我总是期待所期待的,又忧虑于期待可能带来的。带来的什么呢?冷待与嘲笑?失望及绝望?痛击或毁灭?甚至于寡淡和平庸?生活中有太多不为人知的潜伏,会在某个时间里出其不意地涌现,成为人无法排遣的忧惧。我无神可拜,又短于对无常的把握与判断,对此常常不知如何是好,于是在生活与命运中全方位地退缩,默默领受它引发的精神上的次生灾害,其中就包括戈尔德施泰因所言的无意义的狂乱,以及从世界退缩后的僵固或扭曲。所幸,这只是短暂的曾经。

人究竟是生于忧患,死于安乐,还是生于安乐,死于忧患,养生主与奋斗者各执一端,儒释道各执一理。"人应该如何活着"与"人是什么"这一古老话题一样古老。无论先贤们的滔滔宏论给人类指点出多少出路,于个体而言,对生与死、安乐与忧患的寻解依然是险途与迷津。

我一边写下这些文字，一边吃着苹果。我几乎每天都要吃一个苹果，这种坚持来自早年听信了科学家和巫师理由不同但观点一致的灌输：每天吃一个苹果可以延缓衰老、抵抗死亡。我几十年如一日地偏听偏信，将一个苹果悬置在哲学的高度进行打量与品尝。我已认定，吃苹果既是我与死神旷日持久的伟大斗争的一部分，也是我们之间永不停歇的生动对话。死神用无言之语言说，我则用这个习惯来佐证我（可能）存在的意义。在这场无声的较量中，我以积极的姿态证明我的在场，尽管时时有年华老去的挫败感。

如果一个人不至于堕落到站在一头猪旁，都会产生优越之感，他将不可避免地成为忧惧永远的宿主。不知道阳光下的花草会不会惊惧于天边时来的一场暴雨，湿地上的蜗牛会不会惊惧于一只脚可能带来的灭顶之灾。万物皆平等，万物也皆苦。人类似的忧惧何其多哉。如果一个人的生命可以称重，一生的快乐会有几两？悲伤会有几斤？还有如影相随的忧惧呢？

这几日，中山、珠海相继发现多起本土新冠肺炎确诊病例，毗邻之江门马上有疫临城下之忧：又一轮全员核酸检测，又一次防范升级。封闭、隔离、禁止这些与自由相抵牾的词语不断撞击人的心房。没有一个人能置身于这个时代的困扰之外。今天，我们无论是谈及政治、经济、衣食住行，甚至于一个笑话，差不多首先都会从疫情谈起，最后又在对疫情何时结束的茫然叹息中结束。在个体的种种忧虑之外，上苍还不断给予人类新的集体性的忧虑。15日，汤加火山爆发，遮天蔽日。这两天，岭南的天空阴云笼罩。无论这两者之间是否有关联,它都和新冠肺炎疫情一起,构成且加重了人们的远虑与近忧。

晚上重温电影《搏击俱乐部》,其中有一句台词:"我们没有世界大战可以经历,也没有经济大萧条可以恐惧。我们的战争充其量不过是内心之战;我们最大的恐惧就是自己的生活。"也许有一天,我们的恐惧将不仅仅是自己的生活。

2022年1月18日

# 大　寒

今日大寒。如对小寒，我一样不以为意。

午后的元宝山公园，杂花生树，群莺乱飞。马鞭草、刺针草、润楠、肖菝葜以及各种蕨类植物一派葱茏；簕杜鹃、野玫瑰、连翘花与其他的花朵在风中烂放，英英逼人。蓦然发现，这个冬天，甚至好多个冬天，我的思想中竟然没有一片白雪飘落的痕迹。我好像已经彻底失去了冬天。

从立春到大寒，每个节气都代表着气候、物候、时候。但在南方，二十四节气更像是一个过时的时令符号。我在立春没感觉到物候学意义上的新春的气息，每日所见都是"春日迟迟，卉木萋萋"；在最后的大寒，也没体会到气候学意义上寒冬的存在与即将离去，因为眼前依旧"仓庚喈喈，采蘩祁祁"。小寒、大寒以及其他节气，在我的世界似乎均已离场。它们所富有的文化内涵以及独特之现象，之诗意，在我的灵魂中再也未引起春雷般的回响。

似乎，这方土地被古老世界的阴阳和谐抛弃了。时间好像徘徊于迷乱，地球根本就无心自转，历史自暴自弃地在原地轮回。二十四节气所标识的人间四季也许只是一个幻觉，只是人在向死而生之途的一种草绳记事。在南方，如果你确定它存在，它又在哪里呢？倘若你渴望它存在，它又能在哪里呢？我在花烂映发的一年之一季里，在没完没了的慵懒之中，时时能感受到一种生命的缺失与紊乱。一群人好似被"流放"在一个气候单一的疆域，虽自成气候，但却失去了他们本该拥有的天然的多样性和丰富性。我的灵魂困滞于一种明亮的乏味与舒适的单调。

　　大寒过后又是立春。眼下，正小心翼翼地走向春天的人们，每日都在忧心忡忡地谈论凛冬将至，这又是一件多么错乱、多么可笑且多么莫名其妙的事啊。

2022年1月20日

## 一样的月光

  这个冬天的深夜，崇高且一声不响。没有任何事物再向我的灵魂传递什么信息。此刻，我是属于这夜的。夜是属于我的。我与星辰相连接，致广大而尽精微。月光下，庄子人远，城阙虚室生白。远方的山河故人在一场大雪后悄然易色，他们的梦境银装素裹。岚光阁上，月光更白，如水银泻地，无所不在。在我西江之畔的窗前也落下一层白霜。窗外的一切事物都泛着清冷的白光：白的建筑外墙，白的棕榈树，白的道路以及路上白的狗与夜归人。白的夜。窗下两株青松相对成翁。那盏白色的路灯，依旧在低头玄思，萦绕着它的昼与夜的，应还是春天在春天提出的一个问题。它始终如我，它也许就是我——我内在存在的一个外在的命运，对每一个夜晚执迷不悟。我站在千里之外北方的一扇窗前，看天地一白；相同的时分，我站在千里之外南方的一扇窗前，看黑夜如雪——中间相隔十九年。北方与南方，我的窗前是一样的明月光。

2022年1月25日

## 世事焉所希

17岁的河北寻亲男孩刘学州自杀身亡。他留下一封题为"来时即轻,还时亦净"的遗书,讲述了自己悲惨一生。遗言怨恨克制,纸面平静,全文如末尾那句"阳光照在海面",稍有良知者读完,均可为之一哭。

对一个孩子来说,如果诞育他的子宫并非缘于爱,而是因为本能的苟且甚至利益才让他降临,这几乎可以确定他一生命运的艰辛。刘学州生来连遭厄运,却不遗余力地活着。然而,他怀揣的每一个希望都伴着一个绝望,直至在亲人、网民以及个别无良媒体合谋的巨大绝望之中倒下。他自小就被抛弃,最后再被抛弃。在离开这个从始至终都在抛弃他的世界前,刘学州将银行卡余额一半留给姥姥和姥爷,一半捐给了孤儿院。甚至对那些关心过他的人和读完他遗书的人,还道了一声抱歉与感谢。

鲁迅先生说:"无穷的远方,无数的人们,都和我有关。"但是他也说过:"人类的悲欢并不相通。"前一句话彰显了人性的温暖与善良,后一句又揭示了人性的冰冷与残酷。读到前一句,还是景自韶华,到后一句,已心自悲凉。如果把这两个关联句前后顺序颠倒,会不会让更多人间的心思有所转折与启悟,进入理性与文明的层面,看待自身与他人及这个世界的关系?我对此并不乐观。佛与众生之别,只在觉与不觉,慈悲与不慈悲。人世间,"人溺己溺"的菩萨心肠也许是有的,但毋庸置疑的稀薄。一想到人自私的天性,还有傅咸之所言"人不取诸身,世事焉所希(人若是不曾有过相同的经历,怎能盼望他和自己有共同的感受)",我对于人的可恨与可怜再添几分无奈。人是人自己的困境,他永远走不出这个困境。

2022年1月28日

## 人心茫茫

《世说新语》载：卫玠欲渡江，见江水茫茫，不觉百端交集，以为只要稍有情感之人，谁能排遣此时忧伤；袁宏将赴任，叹江山寥落，居然有万里之势，不禁心下凄惘。山长水阔，恒久弥远，自若不变，何曾惊扰世人分毫。君子名士临水生悲，望远兴叹，实因人间板荡，可哀可哭。加之天地无际，日暮途远，便生渺渺茫茫之感。嵇康说："和声无象，而哀心有主。"此之谓也。因茫茫而作悲想，非有深情与胸次者断无此状。

2022年1月27日

## 缺 席 者

  市声的喧嚣、车辆的轰鸣，这些日夜纠缠城市居住者的宿命，在此时终得解脱。人的一切活动不约而同地集聚在家里：团圆、欢乐、彼此倾诉、一年里最轻松的喘息，在仪式性的年度聚首中抒发与完成。

  所有的仪式都令人疲惫，所有的仪式都有一种处心积虑的人为与假装，所有的仪式都值得逃离。在认清生活的原型与生命的本真并非热闹与欢洽之后，我本能地反感一切假装的快乐与幸福。如果说我还有什么理想，这个理想一定不是在生活的舞台上扮演一名合格的演员，配合着完成一场又一场演出，而是在音乐响起时，做一名不为人知的逃离者。不在场，这是我作为一个感觉主义者在生活中感觉到的最美妙感觉。

  但一年365天，今天不能缺席。这是一个古老的传统，一个不应违逆的天命。我和人们将在今天、今晚，用充足的仪式感诠释民俗学、伦理学与节日美学。我不该说我有种被时间强行推到这个绕不过去的舞台上的勉强与无奈，但还是要坦诚相告，我对这个节日和对所有的节日一样，表现出一以贯之的麻木。我坐在一场亘古不变的盛宴的一角，有时莫名其妙，有时表现出动物般的快乐，有时乐忧两集。电视中那些雷同于去年、前年和每年的欢歌笑语，徒增恍惚与荒诞。这是一种不可救治的不幸，我的精神世界与外围的一切始终保持着一种坚定的疏离。在热气腾腾、觥筹交错的人间盛宴上，我似乎一直找不到我的一席之地。

人们今晚一律回家，把世界交还给世界。我的灵魂漫步于除夕之夜的巨大空旷之中。在一些地方，厚厚的白雪湮没足迹、道路、山河以及所有人造之物，一统天下的白对整个宇宙空间全部进行了否定。另一些地方，则交由黑夜笼罩与统治。只有万家灯火光亮不熄，确认了人的存在，证明今夜大地上有不眠的欢喜。

我以一个逃离者的姿态回望这灯火人间。人的存在与快乐都积攒在这无数温暖、柔和的微茫光点处，那些称之为希望的东西寄寓其中，并化作了欢声笑语。有一盏灯是属于我的。我能想象得到它的光芒把室内晕染得多么温馨，那里有我半生之所得，一生之所爱。我看见我坐在这盏窗前的灯火旁，长久地凝望雪光中的白夜，或者黑夜里的远方，等待一个迟迟未归的人。这个人有时是负笈英伦的女儿，有时是我，有时是天国里的父亲母亲，以及跟在他们身后的总是微笑着的二哥。

我是一个有家可回又无家可归的精神流浪者。这种困境让我始终走不近窗前那盏温暖的灯火，走不进人们约定俗成的大团圆的结局。我一直在路上，在一辆迷茫的车上，一个空冷的站台，一个寂寞的渡口，一个犹豫着是否再次启程的客舍。我骨子里是一个恋家的孩子。我其实不想离开，或者说我所有的离开都是为了回来。我所有在异乡的逗留与盘桓都不改回家的方向。就像今晚，我是风雪夜归人，我的灵魂和许多的灵魂一样，面向着家的方向——一盏熟悉的灯火的方向在狂奔。然而，道阻且长，我们只能再次遥望阑珊灯火，再次缺席一场古老的团圆。

今夜，许多的窗前都有一盏灯在耐心等候。他们等的人也许今晚迟些回来，也许明天回来，也许永远不会回来。

2022年1月31日

# 原 来

  原来过年时,父母还健在。兄弟姐妹虽各自有家,都不远。一大家人吃团年饭,一张方桌都小,要拼放两张。人坐得挨挨挤挤。菜也挨挨挤挤的,有三十多个。筷子要摆十多双,杯子十多个。后来,父母不在了。慢慢地,兄弟姐妹留的留,迁的迁,在外的在外,过年就很难聚到一起了。今年团年,女儿在国外。夫人做了八道菜,我摆了两双筷子,两个杯子。坐下来,两个人。

2022年1月31日

## 谜一样的眼睛

  用口罩把脸面和嘴巴遮住就遮住吧，反正从古至今，人类已丢尽了脸面，说了足够多的谎言。这说不定是继夏娃、亚当以树叶遮体后，人第二次真正懂得了什么叫羞耻。在我看来，这个世界仅露出孩子的笑脸，听见孩子的啼哭声就够了。只有纯真、朴素的人与事物才值得与这个世界相互照面。但眼睛不能遮住。我们要用它去看见，看见六合内外所有的幻觉，看见另一些在幻觉中充满幻觉的双眼。人生是一场幻觉的盛宴，眼睛是不能缺席的主角。在谜一样的眼眸中，人与万物光怪陆离，异彩纷呈。我愿意相信，在嘴巴被口罩遮掩和收敛之后，即便我们目之所见皆是幻觉，也应是最接近真实的幻觉。

2022年1月16日

# 啊

　　上下行的扶手电梯交错而过。就在一刹那，一张天使般的面孔进入我眼帘。"彼何人斯？若此之艳也！"我甚至来不及发出子建之叹，这张面孔就已隐没在人群中。一时整座商城无颜色。

　　一瞥之间的无比惊艳与无限怅惘让情感猝不及防，语言措手不及。它直接让我的灵魂进入窒息状态，人呆若木鸡。被电梯送达楼层后，一时不知该往左走，还是往右走。

　　几年前，我在伦敦的贝克街迎面遇见一中年男子，貌似年轻时的肖恩·康纳利，一袭风衣，岩岩清峙，风神卓荦。深邃的蓝色眼眸与我短暂相接。正恍惚，他已步入临街一家酒店。还有一次在大理洱海之滨，见一鹭鸟独立寒秋，望洱海苍山而不动，侘寂之美在夕阳下摄人心魂。等我想拿出手机拍照，孤身子影已飞入云水苍茫……

　　这些个一瞥之见于我而言宛如神遇。一瞥之见即为一瞥之恋。电光石火间的目击带来的是精神上的极度快感，它无关情欲，不涉利害，省略品评、反思、权衡与价值判断，让你的意识瞬间触电般地麻木。继而心醉，继而无望地绝望。它的出现简直是一场悲剧：它让你神遇极致之美，这美却不会作有形之迹化，而是迅速从你的视野中淡出。好像它的出现就是为了消失。波德莱尔在大街上无意瞥见一位交臂而过的妇女,几近癫狂的他"畅饮销魂的欢乐和那迷人的优美",但电光一闪而过,诗人随即因丽人的消失跌入黑暗。是的,就是这样,那一刻的销魂蚀骨之美,一瞥之后再也不见,成为审美世界中一处再也无法光明的黑暗。

在某个街角,在人海里、旅途中,在抬眼之间、转瞬之时,我神遇过并不多的"一瞥之恋"。他们也许是一个人,一张面孔,一处风景,商场橱窗里展示的一个物件,甚至于一个难以描摹的意象,却把你灵魂深处久闭的门扉冷不丁地撞开,平日连自己也极难捕捉到的心灵的隐秘,在电光石火间昭然呈现。至今,我找不到任何一个词来形容和表达这种猝然临之之美。苏格拉底曾问西庇阿斯什么是美,他在对方具体的指涉中并没有得到满意的答案。两千年后,维特根斯坦认为苏格拉底的这一追问是无理的,因为真正的美根本无法定义。不仅仅难以定义,我甚至觉得有些美连语言也无法触及。一瞥之间,我们来得及发出的,也许只有这一声轻叹:啊……

在都市的每条街道,目之所及都是琳琅满目,洋洋大观。生活极大的丰富也构成了它极大的乏味。这丰富的乏味似乎可以满足人的一切欲望,又叫人视若无睹。有时候,我甚至会神经质地希望即刻来一场台风,下一场暴雨,倏然间更改和超越这重复的日常,让沉积的乏味雨打风吹去。这样,即便生活中难有一瞥之恋的际遇,我们总是不知说什么好的嘴唇,至少可以抛出一个空洞的叹词。

2022年2月13日

## 与物为春

一鸠呼雨。掀开窗帘,春在枝头已十分。

春天是侨都邀请的常客,秋天离开时它也没收拾行装,坚持留下来待满了整个冬天。不过,春常在也是一件让人忧郁的事情,它让你恍惚于究竟哪一个季节才是希望起始的季节,尤其是在你知道不可能每一个季节都充满希望之后。我的惊喜来自阳台上的茶花开出了洁白的一朵。在它的一旁,几个空花盆长年枉自作花冢。它们提醒我,即使是一朵花,也不是你想留就留得住的。存活难，存在更难。生活的美学与哲学都在细微处展示如其所不是的残酷。我有点担心这朵含苞已久的茶花，也会黯然销魂于连绵的冬雨中。晋人说"有待之为烦"，但是，生活的枯燥正在于，现实中缺乏现实之外的东西，这让有所待总是叫人期盼，期盼生活中出现生活之外的惊喜。

我不形容这朵花。花朵就是花朵，雨就是雨，我不赋予它们任何意义。花朵一夜绽放，让我的阳台明艳起来，让我的居室生动起来，让我的眼睛笑起来——这些美好的感觉就是我看花时的感觉。我不知道花朵有没有感觉，我只能感觉我自己的感觉：喜悦——平静的、持续的、清新的、不想与任何人分享的、自适其适的喜悦。我在喜悦这个词前排列了这么多的形容词，与花朵本身无关。花朵兀自绽放，我兀自欢喜。花朵是真实的，我的感觉是真实的。我的真实的感觉里此时没有任何思想、观点，只有一朵洁白的花，这多好啊。花朵和此时的我都是全新的——这不就是我向往的春天吗！

今日立春。冬天就此别过。那个一成不变的万紫千红的春天也终于盛装离去。我在一朵茶花旁临风而立，比那些还在鞭炮声中除旧岁的人，比那些还在寒窗风雪拥暖炉的人，甚至比那些还未飞到黄金柳上的燕子，更早地感受到了新春的气息。我已经看见了整个春天，我感觉我就是整个春天——这是一种多么美妙的幻觉啊。

2022年2月4日

# 半个意识

没有什么"半个意识",就好像没有"半个疼痛"一样。但很明显,这"两个半个"构成了我对自己以及周围世界的整体感受。

我发现,在我确定自己对一件事的看法之前,无数不同的看法已经开始发言。从具体的日常生活到宏大的历史叙事,人们众说纷纭,我莫衷一是。我不知是该笃信自己的想法,还是服从于别人的判断。甚至于,我应不应该有自己的思想,并且怀疑众口一词。我进入了一种迷惑状态,纷乎于号噪惊聒之中。常常地,我之所思并非如其所是,所见亦并非如其所见。人们围绕着常识争论不休,令常识都惊恐不安。

我不能确定的事情越来越多。比如:是微信朋友圈里的快乐是确定的,还是微博中的那些悲伤是确定的;是台上的大言炎炎是确定的,还是台下的小言詹詹是确定的;许多笑容是确定的,还是笑容后面的许多不笑是确定的。此时,我坐在星巴克,左边一个女人说中午去吃烤肉是确定的,还是又说去吃牛蛙是确定的;右边一位母亲说带孩子去儿童乐园是确定的,还是父亲说带他去爬山是确定的。我刷了一会儿微博,一名女子被铁链锁住生了八个孩子的事情还在发酵,我不知道自己关注这事是对的,还是不关注是对的;是转发并表达愤怒是对的,还是不转发什么也不说是对的。室外,一会儿阳,一会儿阴,究竟是会下雨,还是不会下雨……这个世界没有打算给我一个完整的启示与概念,没有唯精唯一,只有唯恍唯惚。

想起古老的潘多拉匣子:人希望着,但却永不可得。连一种确定都不可得。

我的意识之场是一块半殖民地。一半触摸到的是不确定,是依违顾避;另一半触摸不到的是恍惚,是丧失,是彻底的沦陷。我是一个畸人,并非"德有所长,形有所忘"的畸人,是只有"半个意识"的畸人。语言更少的出现和更多的沉默是我作为一个畸人的窘境。除了沉默本身,没有凝固与确定可依。在无处不在的模棱两可中,我不断重建与修复我思想的逻辑,服膺于那些自信满满到不需要任何论据的论点,以漂浮的踉跄,跟上人们漂浮的步履。

或许,我应该庆幸我只有"半个意识",这并不荒诞,也并非一无是处,至少,它带给我灵魂的疼痛只有"半个疼痛"。

2022年2月6日

# 苟且偷生

苟且偷生——这个词自古以来就是贬义词。这个贬义词自古以来就满面消沉与沮丧。它的身边一直躺着一个萎靡不振的人,一个自古以来就被瞧不起的落魄者。

这个让人瞧不起的人自古以来就躺在时间的河流中随波逐流。他的存在是人的一个迷惑:当多数人在奋力奔跑时,他蹑踪潜迹,躺卧一隅,对室外传来的掌声、欢呼声以及嘘声充耳不闻。他把灵魂停滞,肉体闲置,偷生于无所谓,漫不经心地活成一个时代的懒惰主义者。

我对"苟且偷生者"充满越来越多的好奇。就像近年来,我对周围一些人苦心经营的人设充满好奇一样。我不动声色地观察他们,把他们作为体认这个复杂世界与复杂人性的标本,一一"解剖",结果有惊喜,但更多以为憾。

毫无疑问,人可能存在一个视角,当它把立场悬置,爱憎避匿,它的目光能通往所有心灵,甚至是未曾暴露给对象自己的那部分心灵。它好奇地打量着这颗心,又完全不带有任何感情,哪怕是打量一颗颓废的、苟且偷生的甚至于暴虐、冷酷的心,它也无动于衷。它只是凝视,只是好奇。在这种凝视中,人本身的多样性与复杂性更加生动、立体地呈现出来。这种好奇的打量有时让我觉得人的宇宙别有洞天：不管他向尘世封闭或敞开，不管他封闭或敞开了什么，他的消沉与袒露都是一个巨大的谜。

身体是一个人表达意义的场所，里面储藏着精神和意志。有一天，当一个人倦怠于表达，不再想以躬行输出意义，他是不是就是一个苟且者？一个人灵魂的闪烁在于思考，思考的目的是更好地看见，让自己的视界与世界碰撞交融，拓宽自己语言与行动的边界。某一日，当他停止思考，停止他所认为的无意义的思考，他是否就是一个偷生者？念及于此，我突然觉得自己作为一个"苟且偷生者"的形象呼之欲出——这种从未有过的自我认知令我蓦然心惊。而遍及周身的，则是更触目惊心的现代浮世绘：那些少有在深夜叩问过自己灵魂的人们，从来以咀嚼他人思想之余沫为生的蚁群，不也是不自知其是的"苟且偷生者"？

苟且的人，永远无法实现精神的超越。他的想象力受限于他的苟且。他精神的委顿，让他不可能在想象中构建起自己新的空间、时间与力量。苟且的人只能拥有苟且，不会有诗和远方。真的是这样吗？赫尔德说："由于幸福是一种内在状态，用来界定它的标准就不可能是外部的，必须要到每个个体生命内部去找寻标准。"幸福难有标准，倘若是苟且呢？很难说苟且是一种幸福状态，也很难说不是，特别是当一个人将无所谓当作是自己最好的心灵安顿时。即使一个人苟且于他的无知与愚蠢，也似乎无可指摘。如果我们不指望（也不可能）每个人都能以聪明和积极面世，又怎能非议一个人苟且于他白痴般的享受呢？

够了，我已经为一种与时代精神相左的生活做了太多的狡辩。有关消极自由的话题，应该止步于南墙。南墙之上，激情燃烧的岁月已贴满纸张。

窗外传来几声凄厉的猫叫，动人心魄，才想起已是春天。这些长年游离于公序良俗之外的家伙，在早春的寒夜里就迫不及待地忘情喊叫，让一个端坐在礼义廉耻四维之室的人类，不禁心生出批判的欲望。

2022年2月9日

## 不知春

岭南这个近十年来最寒冷的冬天执意不肯离去，跟在身后的春天都要给冻坏了。立春十日，寒雨时来，局促一室之内，欲出不得。阳光不见多日，今天终于露头，天地为之烂然。中午来到公园，无论生张熟李，见面都说"今日好太阳哦"，然后各自懒懒散散走在这好太阳里，不紧不慢地晒命。

一棵黄檀和一棵朴树站在路边，树上树下都是一片金黄。我倚着黄檀坐下。一旁的灌木丛中，细碎的厚藤花、刺针花都齐齐望着我，它们的花语应该是精灵可爱。我眯着眼晒命。眯着眯着就有些迷糊了。树上几只小鸟啁啾不休，它们的话题也许是这个煦暖的春日，也许是我——树下这个已醺醺然不知身在何处的晒命者，这个快入黄粱美梦的人间倦客。

黄檀别名"不知春"。不知处好，不知春也好。

2022年2月14日

# 野 径

近来突然间不习惯午睡了。从一个坚持了半生的古老习俗中醒来,且自我感觉神色清明,此番光景不知是否算是人到中途后,眼见长眠之日遥遥在望,由"成然寐"中条件反射似的激发出的一种"蓬然觉"。

午睡就改成了到元宝山公园的午间漫步。上周冷风冷雨不歇,只能站在办公室的窗前看不远处森林摇曳,感叹一个人哪怕是日常的出走,也要受到多少有因无因的牵绊。今日一派春光,天地开朗。行至公园林间,东张西望,春容到底被雨水洗过,薄寒之中也处处有生意。忽然发现山坡处被踩出了一条野径,逶迤着不知去往何处。公园里大小路径我无不了然,这条野径的意外出现,让我的双眼如同无意间窥见了一个诡秘者的行踪,蓦地闪亮起来。

野径上落满枯黄的树叶、荚果和松球。两旁芒萁、萱草、润楠杂然相处,其间点缀着蓝花野茼蒿与黄色的苦菜花。这条路去向了何方?踏上野径走进林深不知处的欲望油然而生。这种感觉不仅仅是因为好奇,也不仅仅是看见不远处有一棵山苍树缀满白玉般的山苍子,惹人近前,还有一种想从脚下熟悉的水泥路面决然离开,踏入一个陌生的、未知的世界的冲动。歧路,总是延伸着一种难以言说的诱惑,这表明我们在了如指掌的世界里渴望偶尔"迷路",为自己严丝合缝的生活找到意外的可能。

人也许需要一点节外生枝的生活。

我眼里的人们的生活,就像一本被翻阅了无数次的教科书,书中的章节与叙述是如此大同小异,即便是被他们视为平生最不幸的事和最得意的事,也都高度雷同,差无毫几。在岁月里因循,在模式中蹈袭,所有人的生活本质上就是一本相同的练习题,步骤与答案冥冥之中都已布置说明。

我在发展大道走得太久了,元宝山公园也一样。这里的每条路都能从我双脚触地的瞬间,读懂我流淌在时间里的种种心思。这种日复一日的熟悉常常让人心生郁闷甚至远离。它以一种持久的重复与枯燥向你一再证明:生活在别处。从尽可能远离一些熟悉的人,到不可能远离一些熟悉的路,我深刻感受到自己重构一个世界和重塑一个自身的渴望是多么强烈。

我总在试图寻求一种无望的挣脱,挣脱这个世界千篇一律的雷同,这也许是我此时站在一条熟悉的山路上对一条野径魂不守舍的原因。那里应该有我未曾看见过的风景,没有我必须去理解的事物和必须表达的言语。一定有些地方,抵达之后灵魂不会想去飞快地逃避，而是欢快地跃出。

我终究没有踏入这条野径。尽管有只羽色鲜亮的彩雀在草叶上一边蹦跳，一边向我回望招徕；几只蝴蝶在路口上下飞舞，状若迎候，我的脚步和心思依旧满怀迟疑。路中间，一根金刚老藤从云柯直降，落地生根，数条鸡眼藤缠绕其上，状若被我一直视之为梦魇的物种：蛇。眼前的一切以及与之关联的不测之想，让我对这条野径望之畏然。站在那树盛开的山苍子下仰面承花，只能付之于想象了。

在野径前的止步再次证明，我潜意识里后怕于对未知的探寻，我的生活中不大可能出现什么意外的惊喜。我将继续走在了若指掌的发展大道和公园绿道，并在这些被人类文明驯服的道路上，和同样被生活驯服的人们一起，知始知终地走完一生。

2022年2月11日

## 如果不是这样的春天


　　春寒料峭。冰冷的雨从昨天、前天、大前天一直下到今天，不知道它什么时候结束。今天、明天和后天，料想我还将在这寒天冷雨中一身瑟缩。

　　发展大道上，树木神色依旧，在冷雨中冻僵的它们看上去像冲洗过的塑料植物，一种介于真与假且假更多一点的绿插满枝头。转角处，昨天傍晚我曾担心过的五朵玫瑰，四朵春红已谢，一朵凄然抱枝头。我踩到一个浅浅的水洼，下意识哆嗦了一下。随之落下一伞急雨，好似路边的树木跟着我哆嗦了一下。哆嗦的，也许是这个寒春。十年来最冷的春天使得目之所见都保持着一种阴郁冰冷的气质。也许这个时代的一切都无可奈何地改变了，从这个不寻常的季节开始，从这场黯然销魂的冻雨开始。我不确定是什么改变了，我只是发现，走在这个春天的人们，他们路过我身边时都变得不声不响，像冷风杂细雨绵绵不断又不声不响。我仰望此刻的天空，阴暗的积云无边无际，神色如丧考妣，亦如我身心完整的投射。

　　我的目光落下时，一只狗正望着我，然后回过头望了望它的主人。它的主人望了望它，又抬眼望了望我。我们在完成毫无意义的眼神交流后，毫无意义地擦肩而过。包括刚才这只没有尾巴的狗，我们的瞳孔里所映照出的事物都是僵硬的、冰冷的、失去血色的。我们没有感觉，也触碰不到感觉。此时，我像是从春天折返走向一个凛冽的冬天，我对自己看到的一切心生怜悯。多少属于这个春天的故事，来不及开始就已经结束。一些应当在暮秋或残冬发生的事情，今天在我眼前更多地呈现。我麻木地知觉心底流水不息的忧伤，如冰河流淌。

如果不是这样的春天，我眼里的天空应该不是忧郁的冷灰。它应该是蔚蓝如沐的，洁白的，嫣红的，青紫色的——这都是可能的。

如果不是这样的春天，发展大道满街的风铃花已缀满枝头。花下一定随处可见胭脂红，春衫薄，以及，春风吹鬓影，黄花落衣香。我此时想必走在花丛中，为另一些气息和情绪所烦恼。

如果不是这样的春天，路边的店铺应该早早开门了。在那些浓郁的侨味中，在人声杂乱的交汇、眼神清新的交集、我已脸熟的那些狗只兴奋的奔跑中，我将愉快地感受一个个鲜活的存在。在这些"不关我事"的存在中，我麻木的灵魂和潜藏的欲望将姗姗醒来。

如果不是这样的春天，我也许回到了故乡，也许远行到了另外的地方。和许多人一样，我的生活中或许已经发生了一些总算是愉快的事情。

如果不是这样的春天，我与预期中的春天已在某个清晨或夜晚蓦然相逢。我一年甚至一生的心灵之累已如冰雪消融……

如果不是这样的春天……当我还想继续妄想下去时，我忽然痛苦地意识到，我已经失去了一个春天。

2022年2月20日

## 两相思　　两不知

　　小区院子里花木繁多，只有一棵玉兰。每个春天，这棵玉兰都会带给我长久的惘然。我几乎要把它看作是一个人，一个不幸的人，或者一个故事，一个死生新故、音信阔绝的故事。它总是先开花，后生叶。且花开的时候还不见叶，叶出的时候已不见花。花痴情等候，及至玉殒；叶无奈天意，一直迟来。人们站在花下赏玩，只是在乎和吟诵它的玉雪香、白霓裳，好像没有一个人倾听过它的心声，没有一只夜莺在它的枝头歌唱。我每每在树下的徘徊，徒留感叹，感叹造物者经纬天地，万物一府，欣悲同状，生死同状，一草一木都难逃冥冥之手。"君生我未生，我生君已老。"玉兰若有情，应最懂唐人诗。晚上在书房关灯发呆，突然记起南朝鲍照的《代春日行》，其中有句"两相思，两不知"，想起楼下暗夜里的皎皎在望，又为之一叹。

2022年2月26日

# 标　签

　　一名归化运动员在冬奥会上凭借自己的完美表现，为自己的青春与梦想佩戴上耀眼的金牌。赛场外，各怀心思的人们同时给这个天才少女贴上形形色色的标签。一个光芒四射的主体被推送至体育、政治、教育甚至哲学的各个层面、各个角度供大众审视：她是谁？

　　每一个提问者都给出了自己的答案。谁的答案才是正确答案？要回答这个问题，你不如先遥指天空的一朵云，问问人们它像什么。一个具体的人像一个棱柱体，她在阳光下被折射成一个多彩的光谱，人们以自己眼眸感受到的色彩来定义眼前之人。"我"不可抗拒、无能为力地被他者分解为各种符号。

　　这其实就是答案，一个既令人沮丧又感觉奇妙的答案：她是无数个标签的集合。如同我以及每一个人，也是无数个标签的集合。

　　当我走进办公大楼，本部门的每一位同事对我的认知与印象肯定各有不同。如果走到其他楼层的其他部门，因为不熟悉或者陌生，这种差异会更加多样。基本上，每一个人眼中都有一个我。一些"我"被各种不同的语词所捕捉，一些"我"悬置于语词之外，还有一些被抛掷在沉默中。这些"我"就是我。那么我究竟是谁？为什么我在不同的人那里会得到不同的观感与评价？为什么我在网上网下或此处彼处的言语判若两人？哪一个才是真正的我？有所谓真正的我吗？我该如何选择与存在……这些看似形而上的问题程度不同地困扰着芸芸众生，并直接演化成我们千姿百态的命运与五光十色的日常生活。我们漫长的一生，要经历无数人的目光。这无数的目光就像无数个镜面，不停地折射、反射"我"的个体形象，"我"因之无限多，无限繁复。

由此，我发现自己人生最大的谜团不是来自近处的生活，也不是对远方的玄想，而是我个人本身。我对自己始终有一种奇怪的陌生感。这种感觉让我常常陷入一种逻辑困境：一个对"自己"都没有清醒认知的人，如何能有效启动智识和语言判断他物？

并非不可能，也许……是的，也许，每一个生命都是一个误会，我们穷其一生来证明自己，不过是对一个误会的证明。

什么是"自己"？"自己"是什么？怎么能证明我"自己"？是同事张三眼里的我是我自己，还是王五眼里的我是我自己？是领导甲对我的评价最真实，还是领导乙对我的判断最客观？我惶然发现，有多少双眼睛注视过我，就有多少个"我"。"我"只是无数个标签的结晶体。我立于自己世界的中心，自己却成为自己的盲点。作为一个社会人，我必须借助他者来把握和定义"自己"。如同拉康所言："我＝他者。我的一切都是他者的强加。"

这么看来，每一个你都可能不是你所认为的自己。你站在自己的主宰与四散之间。你是谁?

  对这个世界的任何追问似乎都会导向荒诞与虚无。在洗菜盆里的水快溢出前,我终于惊醒过来。我怔了怔,确定这已是第四遍淘洗菠菜。我一边捞菜,一边给刚才的胡思乱想作了一个了结:无论我的外在贴有多少标签,我不是一个想象,而是一个客观存在。我必须给自己这样一个确定。就像我必须确定菠菜已经洗过四遍,才能确定不用再洗第五遍,也才能确定我可以开始点火做菜。推而论之,尽管解剖学也发现不了所谓的"生命",我仍然要确定我有生命,哲学家无法肯定有没有"我",我依然要一口咬定,我就是我。

2022年3月1日

# 星 期 八

  多数时候,从清晨到日暮,星期五一整天我都是年轻的。星期六一天我都是自由的。周日黎明,当我还在梦境,就感觉有谁在一旁轻轻呼唤着我。我睁开眼,看见是时间。时间拽着我匆匆忙忙跑进黄昏。夜色尚未降临,我就已经老了。再次醒来时当然不是星期五,而是星期一。星期一带给我的感觉不外乎两种:向死而生的沉重,日复一日的虚无。今天才星期三。明天就星期四了。幸好,君士坦丁大帝规定七天为一个星期,一周的轮回中不会有星期八。

2022年3月2日

## 庸　俗

　　我在重庆小面馆里坐下来时，其他八个座位已经坐满人。

　　与往常相似，除我之外，其他人都在看手机。手机真是个好东西，像鸦片一样的"好东西"，至少是比一碗重庆小面还好的东西。手机在任何时候、任何地方都似乎可以让人乐以忘忧。截至目前，这种快乐应该是任何一件人间尤物也无法替代的。

　　至少有三个人在刷抖音，都开着外放，边看边笑。一人浅笑，一人露出了牙龈，一人捂着嘴。我正襟危坐，看着每一个人又没有看任何一个人。一人抬起头望了我一眼。又有一人抬头瞅了我一下。这个家伙一本正经地坐在他们中间，直挺挺的，直愣愣的，失魂落魄的，像被生活抛弃了似的，像个没睡醒的傻×似的，还戴着口罩……这应该就是此时他们眼中的我了。也许压根就没有我。我看着他们的快乐，一时有种手足无措的感觉，觉得自己像个异类。是的，我与这个空间以及空间里的人们产生了一种微妙的异化关系。

　　如果一个人坐下来后，没有去刷手机，他（她）还可以归因为人类吗？我突然意识到这是一个具有划时代意义的形而上问题。我对眼前八桌低成本、低门槛的快乐充满嫉妒。我为什么不看手机呢？我摸了摸口袋，又把手拿出来，我想起我的手机没有下载抖音。我愠怒地搅拌着炸酱面，以至于几粒饱满的黄豆撒落在桌上，这更增添了我的失落。让他们尽情地去乐吧，反正他们不刷手机也会大声喧哗，我就坐在这个角落里，安安静静地做一个时代的傻×。

很快，我就因为自己对几位食客不露声色的冒犯心生歉意。我意识到，在他们此刻碎片化的快乐与自由中，我心中泛起的莫名的不快，不过是一种自我迁怒：时代在何时？在这"何时"之中我又为何物？面对这些时有袭来的茫然之感，一个不知如何取舍的保守者还在下意识地闪避，闪避于被席卷进一种新的千篇一律的庸俗中。然而，长河奔流，成为浩荡之中的浪花还是泡沫，一滴水必须做出它的选择。尽管无论怎样，它的结局都是粉碎与沉没。

生活在快速流变，空洞与迷惘如婢女随侍左右。我们随时拿起手机在其中饥渴地寻找与快活地沉浸，一如过去用闲聊、瞎逛、发呆与喝酒打发余暇，只不过是换了一种方式或一个空间逃避日常的苦闷与虚无。人永远需要一个简易的通道或去处，可以快速逃离现实的逼迫。数字时代新意迭出，人们不断用科技为自己的欲望加持，也为自身的逃亡赋能。这不是堕落与放纵，也毫不羞耻，这就是与时俱进的生活。

再说，人又能逃到哪儿去呢？人本身就是庸俗的，现实也是庸俗的，欲望如魔鬼般纠缠、死神般追逐，人存在与逃亡的实现，都只能是在庸俗甚至低俗的泥潭里苦苦挣扎。

我将碗里的最后一颗黄豆送进嘴里后，再次认真打量了一下每一个食客。他们的注意力都在手机上,吃面只是一个机械的辅助行为。由此我确定了自己今天对生活的第一次认知:庸俗才是滋养生命的土壤,但崇高不是,因为它太精神化了。我们的日常生活总体来说是庸俗的,它没有多少神圣与崇高,激情与光芒。如果有,也大多是移情与想象,是偶尔莫名其妙的生理性的血脉偾张,是主题先行的策划与排演,是画面虚荣的合成与音乐刻意的升华。

庸俗就庸俗吧,庸俗片刻也好!至少在这一时半刻,我们可以对手持皮鞭候在门外的残酷生活,不理不睬。

2021年9月3日

## 呈 现

本是东南风，感觉却似八面来风。所见之处，惊风逐叶，飘舞不尽。回黄转绿无定期。每个季节都有每个季节的衰败与凋零，春也如此。漫步于今晚的元宝山公园和发展大道，在满园满街的纷纷扬扬之中，伤感与兴奋的情绪在我心头时去时来，我怀疑自己闯入了一个季节与另一个季节在惊蛰前举行的最后一场盛大告别。草木之欣悲在满眼的挥别中热烈而寂静地呈现。置身其中，一时心生妄想，妄想我的白发与皱纹也在这场神秘的告别仪式中随风飘落，与所有的绿化树一样在今夜落尽枯黄，明天太阳升起时，我将欣欣然与大地同春。

夜晚还是昨天的夜晚，只不过因为有这漫天的摇落，这个春夜才变得生动起来，夜行者才鲜明起来。此时的我更像一个惆怅的诗人，走在萧萧无际的落叶下，倾听春夜充满离别的吟唱。在风急处缓承，在缓承处急舞，我的灵魂与每一片黄叶随着风的变奏回旋起伏。我感觉自己全身的细胞都处于一种逃逸的状态，仿佛一个久闭者被某种神秘的东西激活，他的精神世界终于得以全部敞开，不为自己所有。我在我之外肆意呈现。在这种呈现中，我看到了自己奔跃的无限快意，也目睹了他四散的无限悲伤。

一个男子焦躁的大声令我的思绪戛然而止。他坐在湖边打电话,用一长段急促的几乎插不进标点的话语,向电话那头诉说着自己在外打拼的艰辛不易,委屈、愤懑与渴求理解的言语如黄叶乱舞,落满一地。在公园这个放松的场域中,他的灵魂依然被生活紧缚着、抽打着。我在绿道上慢行了大半圈,也没走出这个男人的余哀。这种余哀就像从我记忆深处的某个积郁处冲决而来,汹涌着漂泊者熟悉的苦痛。突然想起明天是农历二月初二,"二月二,龙抬头",我想把这个寄寓美好的谚语托风送给这个男人,随即觉悟:谚语的意义与我行为的无意义都像一个乏味的笑谈,一个恶意的捉弄,它们丝毫熏暖不了一个生命的悲凉。

走到山坡下的绿道时,又看见了那只猫。它几乎每晚都待在此处,有时猫在路边,有时蜷卧在路中间。不知道它是在向路人乞食,还是一直在寻找失散的主人,或者期待某个好心人的收留。离猫十米之外的凉亭中,那对夫妇依然在深情对唱。那些老歌他们已经唱了很多年,无数遍。他们的生活是否如其所唱那般缱绻情深,还是仅仅只是以爱好之名的一种结伴宣泄与表达,只有他们自己知道。也许他们自己也不知道。我无心探究爱生活与爱生活的意义有何不同,这种探寻带给我灵魂的烦扰已经足够。生活中一定潜藏着诸多真理,凡人日用而不知。不知最好,像这春夜中的一切若隐若现最好。

奔跑着、等候着、叫喊着、歌唱着、静默着、暴走着、交谈着、亲吻着……生活的细节在夜色的遮掩下若隐若现地呈现。它们当然也出现在白天,但夜晚的呈现更本能,更大胆直率。就连人们的步履所围绕的园中小湖——这大地的眼睛,在夜晚也更深邃。

今晚，风中的一切就像我的一切的演绎与展示。我在每一个我所看到的人与物身上，都或多或少看到了我自己的影子，自己的可能与不可能，甚至一些秘而难宣的欲望。如果我能成为每一个"他者"，愿意体验每一个他者的悲欢，哪怕是一只无家可归的猫的悲欢，那将会是一种何等奇妙的感觉？这一刻，我因这种永远的不可能心生怅惘，对每一个线性的、单调的生命心怀怜悯。万事万物即便近在咫尺，彼此之间也横亘着无形的、巨大的空旷。个体与个体无论如何深情缠绕，结局永远都是分开。人只能孤独地存在于自己的孤独中。我打量着人间的一切，却无法成为一切。望着园中恍惚的灯影与人影，我突然发现，这个夜晚其实并未有任何可被我感知的呈现，我所见之一切都是偶然的、零散的、破碎的、虚无的，都是我的幻中起念。

我准备在叶落中归去。一个跑者从身后超越。她身材姣好，臀部浑圆。这一幕终于将我混乱的思绪拉回人间。这轮浑圆洋溢着饱满的激情与性感。它不紧不慢地"滚动"，有种不加掩饰的炫耀。"一切圆的东西都能唤起爱抚"，这句话在加斯东·巴什拉那里表达的是圆的现象学，此时在我眼里具体为这个夜晚最生动的呈现。我目送着她的背影——客观来说目送着她浑圆的臀部骄傲地远去。在她消失的瞬间，黄叶纷飞，落如急雨。

2022年3月3日

# 荣华照当年

历史太邈远,我清楚地记得并且一直记得的只有这几个时间:永和九年暮春之初的三月三日、黄初三年、元丰六年十月十二日夜、元丰五年壬戌之秋七月十六日、熙宁九年的中秋之夜、庆历六年九月十五日。当时只道是平常,如今忆起多惘然。在这几个普通的白天与深夜,几个伟大的文人把人生的美好与眷

念、忧患与豁达抒发得淋漓尽致，后人谈起与精神生命相关的一切，似乎都无须再言。这个深夜我再次记起这些时间，是因为身体莫名其妙地出现几处不适，不禁就想起李太白的"秋霜不惜人，倏忽侵蒲柳"。继而又想起开元二十一年的春夜，他与堂弟们在桃李园欢饮达旦的情景。想起他的"桃李待日开，荣华照当年"。

2022年3月4日

## 遮蔽的生活

从办公大楼出来，万达广场周边楼群的景观灯已开始它们夜复一夜的闪烁。麻木的神经在这炫目的刺激下，瞬间开始复苏。让目击者在无意识中营造现实感，找到幸福感，世人的精心设计又一次在我身上发生作用。我承认，每当我将目光投射到这五光十色的楼群时，我的眼眸和意识都会即刻被抓取。霓虹是城市最温柔的陷阱，它夜晚的魅惑从不缺少俘虏。

一个多年被我忽视的细节突然袒露在眼前：与两座摩天大楼四面都流光溢彩不同，那排公寓楼除了临街的外墙装饰了景观灯，其他三面都没有。从我的角度看过去，正面是乱目的霓虹，侧面则是一层层安静的灯火。生活的平淡与耀眼在夜幕中一起呈现，它们只有一墙之隔，只是一体两面。

斑斓的霓虹此刻闪耀的不仅仅是城市的繁华富丽，它还展现着一个白天秘而不宣的隐喻：人的虚荣与欲望借助科技的奇幻被袒露，被表达，被说出。

谁在放肆地袒露？谁在缭乱地表达？谁在无声地说出？

我远望着那些微茫的灯火，想象着灯下那些雷同和不同的生活。他们的雷同自然是相似且乏味的，不同的是遮蔽在生活中的各种欲望。在每一扇窗前,每一盏灯下,每一个枕间,这些欲望应是时隐时现,闪烁不定,如同墙外的霓虹。这种感觉像梦。我们说人生如梦,其实说的就是生活中欲望的现实与不现实,满足与不满足。我此刻眼前的无数光亮所照,无论简朴或奢华的居所,它是港湾,是安乐窝,是沼泽,是废墟还是深渊,全在于室中男女依凭自己的欲望所确定。某个房间里灯光的熄灭,并不意味着房间里的灵魂已经得到安顿,另一种挣扎才刚刚开始。在灯火下走动或者静坐的影子,一些当然是快乐的,一些就只是影子。再深沉的夜,我都能听见一些比夜更深沉的叹息。

人这种欲望的动物,他的所愿比霓虹迷离得多。生活的理想人所共知,就是做更好的自己,过更好的生活,这是一切欲望的缘起。残酷的是,经常不会有更好,更不用说最好。也从来没有什么最好,最好在比风吹不到的地方雨淋不到的地方更远的地方。人偏偏却渴求最好。所幸,生活是被文明与道德遮蔽着的,人们会毫不犹豫说出自己的一些欲望,更多的虽想说却不敢说、不能说。这些欲语还休的隐藏与那些如暗流涌动却从未被察觉到的欲望一起,构成了我们一生霓虹般的迷梦。

现实是我们的母亲,我们却常常在吮吸梦幻的乳汁。可以用来描述现实的词浩如烟海,但我们最感兴趣的是搜肠刮肚地谈论明天与梦想。"今是"如同"昨非",都有迷途之远,都让人意兴索然,无心理会。

以我耳闻目睹之所感,对于当下与当下真实的生活,太多人说来是非两可。人们对于真实生活的渴求并不像他们所说的那么强烈。如果真实是平凡且平庸的,冷漠且冷酷的,失望且绝望的，真实就是一处伤心地，就是一个无赖、魔鬼或者幽灵。是的，人们在心底对梦幻难以遏制的念想，表明真实并非都为他们所愿。一些人压根就不喜欢真实的生活，这从他们对梦幻甚至谎言的迷恋可见一斑。另一些人则压根不配过真实的生活，在他们行尸走肉般的活着中，可以清楚地看到日子是如何被敷衍与冷待的。

无数的心思深藏并闪烁在人类的心房。霓虹的闪烁就是人心的闪烁——这些变换的几何图形、繁复的颜色与流动的光波组合之所成，就是墙内人梦境的流光溢彩，是人们生活中遮蔽的流淌着的欲望。它们都是真实的，又都是虚幻的。它们表里粲然，又纯属枉然。所有知觉与不知觉的遮蔽和敞开，一起构成了生命的荒诞。

我的视线终于从眼花缭乱的闪耀中挣扎出来，飘向夜空。那里有着神秘而深沉的蓝。白天似曾见过的几朵云还停留在原处。或许，就像我低头一瞬间的那种茫然，这些天空的漂泊者还没有弄清究竟该飘向何方。

2022年3月12日

## 嫉　妒

　　楼上传来悠扬的笛声。这笛声有种天然的明净，侧耳之间，它就把我早晨的流水不安消弭为青山不动。我在聆听中心生嫉妒。我嫉妒我不是吹笛者，因为我改变不了我。一个人发出的声响不仅没有成为尘世的噪音，还让他人情不自禁地柔软、细腻与妥协，这是我多么渴望做到的事情！

2022年3月16日

# 佐贝伊德

佐贝伊德是一座月光下的梦境之城。卡尔维诺在《看不见的城市》里借马可·波罗之口讲述她的故事时，就像在讲述我的故事。我一下子就在城里无数奔跑的影子中发现了我的影子。

马可·波罗讲述"我们"建造佐贝伊德的经过大致是这样的：不同民族的男人们做了同样一个梦，梦里他们追逐着一个长发裸体的女子，女子却在城市的街巷拐角消失。于是所有人都去寻找这座城市。愿望落空后，他们决定建造这座梦境之城。他们在女子消失的地方铺设街道，建造墙壁，好将梦中的女子围困在自己的城市里。这就是佐贝伊德。

佐贝伊德就是我的梦境之城。我一直在城中永不餍足地建造与围猎。我沉湎于其中，追逐于其中，日夜不眠地打造一座欲望之城。我就是佐贝伊德。与我的城池毗邻地近的，是无数座正在建造和已经建成的佐贝伊德。

越来越多的人来到佐贝伊德。为了更加接近梦中的女子，我看见他们如我一般，不断变换着改造道路、拱廊和楼梯，以期让那个失踪的女子无路可逃。

依照马可·波罗最后的讲述，最早建造梦境之城的人早已将梦遗忘，或者已经从大梦中醒来。他们现在不明白的是，为什么永远有那么多人涌入这座充满陷阱且丑陋的城市？

是应该继续建造这座梦境之城，还是赶紧逃离这座欲望之城？叙述者马可·波罗和聆听者忽必烈汗都没有回答这个问题。至于我，依旧奔突在佐贝伊德。我被别人蛊惑着，被自己怂恿着，日夜不休地追逐着，因此，我断定自己也回答不出这个问题。

2022年3月17日

# 迷 惑

对面一户人家的窗台上，左右檐角各歇着一只鸟。它们背向而立，像一对刚吵完架的夫妻，各自向壁一隅，朝着自己的生活默默发呆。我对眼前这幕的描述，无疑又是一次对所见之物的曲解。我的感受与言语所触及之一切，多数时候属于偏见与无知，这个事实构成了我生活中更多的迷惑与缄默。

譬如，在鸟语花香的此刻，对面楼群的许多窗子，一早就悦然敞开，有的则无动于衷地紧闭。通过一扇窗户，我们可以用许多种自以为是的观点来解读与窥测别人的生活，天知道我们会想些什么，又会胡说八道些什么。却不知每一扇窗子里面都有一个世界，哪怕敞开也窅不可测。

目击之处尽是谜团。那些真假难辨的言语，晦明难晓的事物，一起构成了我们生活中的迷惑。每个人都是一个谜团，如变色龙一般为防止突如其来的侵袭，肤色随着环境、温度和心情的变化而改变。人把他的智慧、心计与本能完美结合，而后呈现出的多样性、多面性、不确定性，就是他的迷惑。这种迷惑一半来自于我们与生俱来的动物性恐惧，一半演绎自绵绵不绝的欲望。迷惑是我们恐惧与欲望的浮标。

常常以为如此，常常又并非如此——世间多少的迷惑在我的智识与洞察之外若隐若现。我和我之外都是谜团。

乱花迷人眼。望而却步与笑而不语开始增补为我性格的狡黠。我承认这是一种不真诚，但又何尝不是一种生活的屈从。面对一个人或者一件事，事实、价值和逻辑能否在一个稳定的基座上给出合理的判断？我们说出和听到的话语有几分真实几分待考？这种虚实是源自语词的困境还是来自表达的人或者事物本身？岁月日添，我对这些越来越不知其可，如同曾经长久的徒劳：生活本来就是一本糊涂账，我却一直想把它算得清清楚楚。幸好，这是曾经的惘然。

幸好，我和大多数人一样，保持着因循和服从这两种传统美德：因循习惯了的习惯，哪怕这习惯是多么别扭；服从规定的服从，哪怕服从之规定何其荒诞。勒庞对我们的这种行为选择解释说："人群在需要任何事物之前，首先需要一个上帝。""上帝"们的存在与指引，让我们的生活避免了多少迷茫与慌乱。承认一切都是正常的，不正常的只是自己，这是生活得以延续的一个重要前提，自然也是对人自诩高明的一种反讽。某种意义上，至死不悟也可算是一种幸福吧。谁知道呢？

佩索阿说：没有人在把自己真正弄明白后，还能生出对自己的爱意。卡夫卡说：谎言构成了世界的秩序。这两句话像两支利箭精准地穿透了人与他所在的世界：所有的人事都扑朔迷离，都在不堪之中难见真实。

风起时，歇在窗沿的那两只鸟不约而同地飞走了，而且是各奔西东。它们把我的目光引向了天空。大片大片的云朵在快速奔涌。我看到的天空，只是云朵缝隙里的天空。

2022年3月19日

## 摇摇欲坠

  行人、路灯、人行道还有楼群……眼里所见之一切都摇摇欲坠。我停下脚步,所有的事物依旧眩晕,包括自己的呼吸与耳边各种声响。像一个走钢丝的人,我在失衡之中努力保持着自主平衡,但一个醉酒的人用他晃荡的视角看见的,只能是一个晃荡着的世界。这一刻,生命的本质与生活潜藏的恐惧在一个人间醉客眼里昭然若揭:永远摇摇欲坠,又永不坠落。永不坠落,又永远摇摇欲坠。

2022年3月21日

# 碎 片

要用一个词来形容人的一生实在是太难了。不可能都是幸福,也不可能都是疼痛。和谐也不是。当我们寻找和谐的时候,找到的多是有声或无声、有形或无形的断裂与撕扯,如果人们敢于直视自己的内心,并不躲闪的话。

碎片——我此时能想到的就是碎片。关于一个人的来历与去向,现实的所有与虚幻的梦想,不是碎片,就是碎片的集合。

又有什么完整的东西是属于我们的呢?生活是一点点地累积,日子是一天天地过,那些快乐与悲伤的事情,就像姹紫与嫣红,一树树地开满,又一片片、一朵朵地坠落。如果一定要说完整,也是绽放与凋零一起构成了一棵树的完整。

我们的一生都是一种碎片化的拼凑:拼凑财富,拼凑婚姻,拼凑理想,拼凑生活的勇气,拼凑一个健康的身体,拼凑个人的自尊与虚荣。虽然,这些艰难的拼凑或多或少能给我们带来完整甚至是完美的幻觉,但碎片的本质一直无法回避地关联着两个残酷的动词:凑合与坍塌。就像可见的一切事物后面大都埋伏着不可见的隐忧,在世间觥筹交错的碰撞中,我看到了太多触目惊心的裂纹,听到太多银瓶乍破的声响。

我怀疑这世上是否存在完整无缺之物,如果要给出答案,我以为是没有的。所有看上去的完整要么是修饰的,要么是暂时的,而一切修饰、暂时的完整都面临着暴露与破碎。时间会让一切的破碎显露无遗,待到意识惊觉,你推开人生的后窗,会看到生活的荒原上原来堆积了那么多的碎片,它们在月光下闪烁着令人悚然的凛冽的寒光。

碎片就是一切,完整是不可能的。所谓的完满更多的是一种自我期待或欺骗。承认与接受一切都是碎片、一切终将复归碎片,需要多么大的精神勇气。人们已经习惯了以幸福与圆满为主题,让虚荣心来编织自己一生的故事,这是应该理解的,也是值得同情与怜惜的。人生艰难,我们需要一些哪怕是虚假的承诺,来哄骗自己的灵魂,让日复一日的苦心经营不至于收获一捧破碎。

像气的积与散,原子的裂变与聚变,一切事物的形成与发生

都是过程，都将成为他物。我一直承认自己生命的细碎，以及生活的不完整，它们构成了一个普通人无尽的遗憾，也形成了我日日新的愿景。我用足够的耐心，来拼凑我所想之一切，像一个搭积木的孩子，在不断的倒塌中不断重建。然后我发现，碎片不碎，每一个碎片都是一个召唤，不仅召唤来陌生的事物，也召唤来一个丰富的世界。在这召唤之中，我经历了颠沛与挫败，也看到了圆满和完整的可能性。我在每一个不起眼的部分里面，窥见了关于整体的全部东西。我捧着自己积攒的碎片坚持着走向人生的终点，这些碎片是我一生的参差百态，一生的光亮与虚无，它们像日月星辰这些天空的碎片，孤独地在浩瀚之中飞升、闪烁与照耀，一起组成了我自己有限又无限的宇宙。

红日初升，无垠的海面光态浮莹，映红了一个观海者的身面，以及心头波涌的情思。海浪扑向我的脚边，我从细碎的联想中终于回到我此时的整体。

我手中捏着一块碎瓷片。在台山那琴半岛的这片沙滩上，这种碎瓷片随处可见。它们来自深海，来自唐宋或者明清倾覆在海底的商船。一千年或者一百年前，那些完整的青花瓷在漂洋过海前，一定惊艳过世人，后来不幸在一场海难中沉入海底。经过一千年或一百年的冲刷与席卷，大海的波涛终于让它们重见天日，其中的一块，成为此刻我手中的残片。我摩挲着残片上无法辨识的图案和仅存半边"贵"字的吉言款，如同摩挲着一个远古的破碎的灵魂。

2022年4月2日

# 回　声

　　我几乎能听见耳边血管中涌动的声音。站在山间小道上，周围是深邃的寂静。我感觉自己的意识在被这无边的静谧慢慢同化与消融。我快要成为一株植物，一只从林间走出来的动物，我的自然属性即将被彻底地还原……我下意识地拽住脑海中的欲念，夺回了自己的灵魂。

　　四寂无人，万木有声。这声音是风奔来涌去的热烈吟诵，是鸟儿不知其处的兴奋交谈。在这虚而静、静而动的春山之中，我突然受到莫名的怂恿与蛊惑，情不自禁向着层峦叠峰大喊了几声。我等着群山回唱。竟然，没有引起任何回响，那兴奋的声音好像脱口即逝一样。

　　一个在人群中不怎么喜欢说话的人，在这独处的山野呼喊几声，结果只有他自己耳闻。即便在无人之处，在一个言语阙如的空间，他也只能继续保持沉默者的状态，这无疑是一件令人沮丧的事情。我劝慰自己，无论如何，这落寞的呼唤还是验证了我早已释怀的另一种悲哀：我对这个世界发出的声音，也许从来只有自己听到。

　　作为一个言语的存在者，半生以来，我不知道自己为了向这个世界展示自己、说明自己、解释自己、证明自己说了多少话。我说了,我在说,我不停地在说,好像人生就是一场没完没了的叙述与表达,只有语言的发出才能证明我的存在,语言的意义才能代表我的意义。有多少话被人听到了,有多少话成为人耳边的废话,有多少话完全沦为自言自语,那些失落的声音又遗失在何处,我似乎从未去想过。时间的隧道里极少传来我话语的回声。自然,我也无法证明我曾经对世人说过什么。

作为语言动物,人的每一次选择其实就是一次语言判决。半生之中,我做出了多少选择,每次选择都始于言语,终于言语。如今看来,我留存的判决词寥寥可数,更多的判决我不知证据何来,由谁做出。所有的回忆都是对已说出语言的寻找,所有的寻找都是再一次的自话自说。

一个人的语言抛出去了,也不再回来,但人的存在还在,这是一件多么吊诡的事情。语言带给我的恍惚几乎就是我人生的恍惚。

这并非我个人的悲哀。一个人的话语发出后,没有被听到,没有传来回声,他就是一个沉默的个体。如同战火中一个母亲或者孩子的悲号,无论多么痛彻心扉,如果没有被听到,或者战争的发起者听到了却充耳不闻,它就不会传来任何回声,就是沉没的声音。她的哭泣就是一个人的哭泣,苦难就是一个人的苦难。

言语的说出只是证明了一个人的存在,回声的有无和大小则昭示其命运。由是之故,我对我以及无数的弱小者始终怀抱最大的恻隐。

从某种意义上说,一个不能倾听与表达的聋哑人士比一个自言自语的正常人，内心或许更笃定，更宁静，更完整，也更少孤独与苦痛，因为，他没有说出，也无所谓听到。

已脱口而出的言说的命运令人唏嘘，那些你终结在唇齿之间，甚至深埋于腑肺的话语呢？它们对这个世界的热情是早已消释为泡沫，还是在心底不时发出寂静的轰鸣？

山谷依然宁静。此时此刻，周身巨大的沉寂不仅仅是青山无语，也是一切观念与思想的止息与空旷，是我半生无数未说出的言语与这个世界复杂而深情的凝视。这些未说出的语词以及与之相关的意义与愿景，无论美好还是忧伤，虚弱还是锐利，都已尘埃落定于未说出的时刻，亦将永无回响。

是的，在漫长的人生旅途，我们心底留存、封缄的话语远多于外抛给这个世界的诉说。这些喜怒哀乐之未发，并非都是来不及，很多时候缘于命运的乖舛以及我们与生活的相互失望。至于我，常常隐身沉默的原因在于：没有几个人会耐心倾听我的声音，正像我没有多少耐心倾听别人的声音一样。

我对这个世界发出的声音，极少有人听到。比这更荒诞的是：我对这个世界发出的声音，很多时候连自己都没有听到。

2022年3月9日